妖王的報恩

卷四・餘生

龔心文 著

高寶書版集團

第一咒〈孟章與時懷亭〉

目錄

第一咒〈孟章與時懷亭〉

第一章　血脈

京都的仙樂宮內，妙道站立在白玉盤側，看著玉盤內的景象，手指忍不住舒展了一下。

煙霧繚繞的玉盤內，是一片廣袤無垠的大海，海面上駐立著一座小小的銀輝拱門，一艘魚骨帆船的船頭正緩緩駛入其中。

明明只有兩根細細的門柱，孤零零地立在水面上，但那尖尖的船頭駛入之後，便再也沒有從另一端出現。

「想不到他們真的找到了龍門的位置。」皓翰站在他的身後，雙手交叉在胸前。

妙道輕輕哼了一聲：「哼，這個小丫頭，一直用渡朔的天賦能力遮蔽我的視線，到這個時候才肯讓我看一眼。看來，不是個好糊弄的傢伙。」

皓翰緊擰濃眉：「他們進得去嗎？那龍門的入口，可是具備神識的上古神器天吳。上一次我們都差點沒能從它手下逃出來。」

「這個世界上如果還有一個人類能夠闖入龍山，那只能是袁香兒。她是自然先生的徒弟，繼承了雙魚陣。你要知道，余瑤曾經就憑藉著雙魚陣成功闖入龍山。」妙道的語氣淡了淡，「不過，一起去的其他人可就不好說了，你和渡朔是朋友，還是好好地替那隻高傲的鳥類祈禱一下吧。」

帆船上，坐在船尾的袁香兒似乎聽見了什麼有趣的事，哈哈大笑起來。她的身前是手舞足蹈的魚妖，身後站著銀髮披散的天狼，船上齊聚了各式各樣的妖魔。她一個小小的人類，坐在一群妖魔之中，怡然自得，肆意歡笑，竟然一點都不覺得違和。

妙道被那樣放鬆的笑容刺痛雙眼。他年輕的時候在余瑤家中，無數次見過坐在案桌對面的朋友，對他露出輕鬆自然的笑容，他被這種笑容欺騙，所以經歷了這麼多年，都沒看出自己唯一的摯友，竟然是一隻妖魔。

小小的魚骨船被銀白的門洞吞噬，澈底消失不見，白玉盤中徒留一片茫茫大海。

龍門內的世界，無人可以窺探。

此刻，在龍門內，四個天吳的分身懸立空中，身泛金光，手持寶器，層層低沉的聲音反覆說著同一句話：

「擅入者死。」

「擅入者死。」

「擅入者死。」

南河和渡朔各自擋住一隻傀儡。袁香兒雙手成訣，用太上淨明束魔陣暫時困住剩下兩隻分身。

危險的戰鬥是磨練術法的最佳辦法，這一路以來的戰鬥，已經讓袁香兒成為一位強大的法系術士。

相比去年第一次使用這個法陣，此刻的袁香兒對術法的掌握，早已不可同日而語。但即便如此，長時間束縛兩隻強大的傀儡，還是讓她十分吃力。靈力源源不斷地從她身軀中流逝，帶了一種疲憊感，她只能咬牙忍耐。

被禁錮在法陣中的兩道金色身影開始搖晃，很有可能在下一刻掙脫出來，對一船人發動強烈的攻擊。

「阿香，開雙魚陣！」戰鬥中的南河瞥見袁香兒沒有開啟雙魚陣護身，分出心神吼她。

敵人並不是無法戰勝的。難的是這一次若是再殺死這些敵人，下一次復活的對手將更加恐怖。他們只能想盡辦法束縛、重傷這四隻傀儡，還要小心保全它們的生命。

袁香兒沒有回話，只是換了一個指訣加持法陣。

天吳最強大的能力，在於能夠短時間內複製攻擊者對它使用過的招式，如果這場戰鬥沒有成功，她卻使用了雙魚陣，下一次復活的天吳將能夠使用雙魚陣，戰勝的機率會更低。

她寧願冒著危險戰鬥，也絕不能在非關鍵時刻，讓天吳習得堅不可摧的防禦法陣。南河和渡朔顯然也有同樣的想法，堅持不將自己最厲害的絕招使出來，這會讓戰鬥變得更加艱難。

離戰場不遠的海面上，大頭魚人拉著時複浮出波濤起伏的水面。

「怎麼樣？小哥，你沒事吧？」

被天吳拍入海底的時複咳了兩聲緩和一下，「我沒事，多謝。」

他很快就發現自己在水中能游動自如。或許是血脈的原因，雖然從小生活在山谷，從未接觸過大海，但他這次一進入水中，便有一種舒適自如的親切感，彷彿原本就生活在這裡，可以自由自在地在水中暢游。

幾位華服雲鬢的侍女，簇擁著一位明珠般的少女，飄行在離他不遠的海面之上。

那少女凌空而立，衣襟飄飄若輕雲之蔽月，青絲浮動如流風之迴雪。她的身後襯著巨大的明月，正低頭看著泡在水中的時複。

時複從小幻想過無數次母親的模樣，有時溫柔而慈和，亦或明豔而典雅。無論何種形態，他從未想過母親會是一位，看起來和自己年紀差不多的少女。

俏生生，冷清清，看著自己的目光毫無溫度。

侍女們舉著彩袖，和簇擁在它們中間的青龍說話：

「青龍大人您看，那位郎君正盯著我們瞧呢。」

「奇怪，妳們有沒有發現，他的眉毛和大人很像呢，好可愛。」

「這樣說來，連嘴巴也像，生氣的模樣幾乎一模一樣。」

「他是混血呢，所以看不清種族，會不會就是大人在哪裡留下的血脈呢？嘻嘻。」

青龍袖起雙手，看著浮在水面上的少年，那少年看自己的眼神，微微帶著一點薄怒，那短短的眉毛確實很像自己，狹長的眼睛卻像他們的父親。

是啊，第一次見到阿時的時候，他也是這副生氣的模樣，不情不願地被自己帶回巢穴。

「我喜歡你，想留你住幾天。」當時的自己托著腮，饒有興致地看著被自己用一陣風捲來的男人，「你放心，我從不勉強別人。來都來了，你且安心住上幾日，要是你幾日後還是不願意，我就送你回去。」

當時，站在它面前的阿時，就是這副薄怒又疏離的冷淡模樣。

「喂，」青龍問海水中的男人，「你的父親呢？」

時複抬頭看它，咬肌浮動，片刻方才開口，「死了，去年的這個時候。」

「死了？」青龍愣了一會兒，「哦，這麼快嗎？」它淡淡地說。

時複咬著牙，看著「母親」微微發愣的神色，它也不過是有些吃驚，甚至連難過都談不上。

父親，這就是你苦苦等了一生的人。

時複紅了眼眶，不再看半空中的青龍，轉過身向著戰鬥中的魚船游去。

侍女們看著兩個游向戰場的背影，小聲議論：

「時郎君已經故去了啊，人類的生命還真是短暫呢。」

「是啊，真是遺憾，明明是那麼溫柔的人。」

「很快就要準備迎接新的郎君了吧，這次又會是什麼樣的人呢，嘻嘻。」

它們並不在意當著青龍的面討論，幾千年了，主人身邊的伴侶來來去去，它都不曾放在心上過。

「大人，別靠過去，天吳戰鬥的時候毫無理智。」一位侍女拉著想要繼續前進的青龍，「畢竟您只是化身，仔細傷到了您。」

本體沉睡的時候，化身能使用的能力也變得相對弱小，跟著一起出來看熱鬧的侍女們，勸它不要靠近危險的戰場。

「奇怪，我這裡好像有點不舒服。」青龍低頭看著自己的胸口，「有一點悶悶的，這是為什麼呢？」

原來阿時已經死了，人類還真是脆弱的生物。

想要回想一下最後和阿時說過的話，卻怎麼也想不起來。能記得的只有最後一次的歡愉。那一次，阿時一反常態，狂熱地親吻它。它很開心且興奮，卻無意間看見有淚水從阿時那狹長而漂亮的眼裡掉出來。

「怎麼哭了，阿時？你是……需要休息一下嗎？」

「不，不需要，今晚隨妳高興，」他潮溼的吻不停落在自己的臉頰上，「妳想怎麼樣都行。」

「真的嗎？我想怎麼樣都行？」青龍的眼睛亮了。

那個晚上它過得暢快美好，記憶深刻。

事後，心滿意足的她親吻那個可愛的男人，「阿時，你真好。你有沒有想要的禮物？不論是財寶、法器，你想要什麼我都送給你。」

「留一個孩子給我吧，我想要我們之間的血脈。」

「你想要龍蛋？為什麼呢？孵化龍蛋可是一件很辛苦的事。即便你是人族，稀釋了血脈，孵出一個孩子也需要數十年的時間。」

「我想要，我只想要我們的孩子，別無所求。」

青龍從回憶中醒來，看著海面上已經游走的小小背影。

原來那就是阿時一直想要的東西。

戰場之上，眾人戰天吳，一時攪弄得驚浪雷奔，駭水迸集，海面上狂風大作，夾雜無數電光與火石。

小小的魚骨帆船時而被高高地拋上浪尖，時而又猛然平摔下來。

渡朔運用空間之力擒住一隻金色的天吳分身，分開水浪，將它壓進海底，一路拆卸它的手足壓為粉末，只見失去手足的金色身軀沉入深海，趴在海底匍匐挪動，不再具有攻擊力。

渡朔鬆了口氣，回首望去，南河雙手染著銀色的星輝，一手一個擒拿住兩隻傀儡。而時複的登天藤蔓層層累覆，從袁香兒手中接過最後一隻傀儡，澈底將它困住。

「走，千萬別弄死了。趁著它們無法動彈，我們一口氣衝上龍山。」

南河這樣說著，但它手中提著的重量似乎在迅速變輕。它低頭一看左右兩邊，被星力鎖住的天吳身軀正在溶解，就在它低頭的一瞬間，那眉眼清晰，四肢類人的傀儡已經軟成一灘溶液，潰散流逝，化為金色的液體流入海中，溶進海水裡了。

被巨大樹藤不斷勒緊、困在其中的傀儡也消失不見，只從間隙裡流淌出大量金色的溶液，那些液體迅速沿著樹幹逃進海面，海底鱗石上的殘破傀儡也化為一團金色的液體，宛如活物一般在海底快速游動。

無數低沉的聲音再次從四面八方響起：

「擅入者死！」

「擅入者死！」

「擅入者死！」

遠處觀戰的侍女們紛紛後退。

「啊，真正的天吳大人要出現了，他們終究逃不過這一劫。我們再離遠一些吧？」

「天吳大人守在這裡上萬年了，從不知變通，也不講情面，這麼長的時日裡，是不是只有那一位穿過了它的封鎖？」

「是啊，這些人恐怕都要死了，好可憐。為什麼非要來貪圖龍族的財物呢？」

低沉的唱和聲在四面八方響起，和大家想像的不一樣，這次液體金屬匯聚在一起，一個巨大的金色魔物慢慢從海中升起，隨著海水淅瀝落下，可以看見這位守護龍穴上萬年傀儡的最終面目。

高聳入雲，八頭八手，周身金光閃閃，手臂各持寶物。它高舉手中法寶，手臂兩兩相碰，雷電和灼熱的火焰撲面而來，星輝和大地之力如期而至，將那艘小小的魚骨船掀翻。

站立在船上的時駿、胡青、烏圓等人猝不及防地落入海中。

南河擋在袁香兒的身前，「你們後退。」

它這裡的「你們」包括袁香兒，但袁香兒卻回身對著時複等人說，「你們後退。」時複從水中撈出弟弟和烏圓後，將他們安置在船上，發力推船遠離，自己卻在船邊一蹬，回身戰場。

南河是第一個衝向天吳的，它雙腿踩在海面上一路飛奔，速度極快，在身後激起一道長長的白色水浪，巨大的天吳伸出那些長長的手臂，紛紛從天而降，向著南河抓下。

就在剛剛，手中的天吳傀儡溶解的瞬間，它看見有一小團金色的火焰從融化的眉心掉出，那火焰不畏水火，率先溶入大海慌忙逃走。

南河覺得這團火焰可能才是戰勝的關鍵。熄滅八個頭顱中的火焰，或許才能真正打贏這場戰鬥。

必須要快，大家戰鬥已久，體力和靈氣已所剩無幾。

南河一路向著傀儡狂奔，絲毫不顧所有攻到眼前的攻擊。即便擊中它的正面，都及時被一股束力抓獲，因而略微遲緩。僅僅停頓了一瞬，南河已經一次次地從攻擊中鑽了過去。

袁香兒就在它的身後不遠處，肅穆凝神，指若蘭花綻放，飛速地變幻指訣，施展術法擋住那些攻向南河的巨手，和落雨一般的術法攻擊。

南河已經把自己的安危和性命交託在她手中，她前所未有地集中注意力，護住了一往直前的南河。

巨大的手掌總是落後一步，不停砸在泥土地上。雷電、星輝、火光一道道落下，激起四處飛揚的塵土。

南河已經躍上空中，出手便削去了傀儡的半個頭蓋骨，一把抓住其中逃逸而出的金色火苗。

那火焰發出尖銳的叫聲，卻被南河毫不留情地掐滅。

果然，巨大傀儡的一頭一臂澈底沉寂下來，不再動彈。憤怒的傀儡幾乎陷入瘋狂狀態，剩下的七隻手臂化為殘影，也不用術法攻擊，直接把南河從空中拍落。

時複的藤蔓接住了南河的身軀，將它傳遞給袁香兒，而他自己越過袁香兒，一路向著殘缺的傀儡衝去。

袁香兒抱著南河浮在海面上，一手取出妙道給她的高階符籙，為時複保駕護航；一手取出白篙果實，運轉靈力為南河療傷。

天空中雷雲密布，濃煙滾滾，巨大的傀儡時不時從濃煙中露出幾個金色的頭顱，長長的手臂激起水花，如同暴雨一般，不斷打在袁香兒的頭臉上。

時駿從煙霧中掉落下來後被人接住，救上船去。空中響徹著渡朔清越的鶴鳴，就連胡青都幻化為九條尾巴的魔獸，衝進了戰場。

傀儡的火焰被一道一道地掐滅，同伴們也都一個個負傷了。

袁香兒覺得丹田隱隱作痛，她的靈力快要乾涸了。但她仍咬著牙，握住發光的果實，始終靠近南河傷勢嚴峻的胸膛。

南河突然睜開眼，握住了袁香兒的手腕，「可以了。」

它浮在海面上，伸手按住被魔物撕裂的肩膀，微微喘息一聲後，幻化為巨大的銀色天狼，向著濃煙滾滾的戰場衝去。

站在遠處看著戰場的青龍嘆息一聲，「天吳是永生不滅的，即便把神火全部掐滅，也不過多花一點時日恢復。只是這些人不明白天吳最恐怖的地方，怕是都活不成了。」

「好久沒看見天吳大人被逼到這個份上了，他們明明已經這麼努力，卻還是要死嗎？我都不忍心看下去了，大人，我們回去吧？」侍女說道。

青龍抿住了嘴，沒有說話，卻也沒有像往常一樣事不關己地離開。

化為人形的烏圓駕駛著魚骨船來到袁香兒身邊，和時駿一起將袁香兒拉上船。

「阿香，阿香，快上來休息。」

袁香兒才剛拉住烏圓的手爬上船，身後的濃煙裡便傳來斷斷續續的沉悶聲響。

「擅……闖……者……死。」

袁香兒回頭一看，煙塵中電閃雷鳴，星力交雜，不知道是什麼情形，卻有一隻金色的大手從煙霧中伸出來，向著他們的小船一把抓下。

袁香兒撚出所剩無幾的符籙，她的手指微微顫抖，幾乎使不出靈力了。她閉上眼，準備在最後時刻發動雙魚陣護住烏圓他們。

小船上，烏圓是害怕的，但它還是哆哆嗦嗦地站起身，「阿香妳歇著，我……我保護妳。」

時駿腿肚子打顫，勉強站起來和烏圓擠在一起，「我，也算我一個。」

角落裡的大頭魚人和多目抱在一起瑟瑟發抖。多目在驚恐中突然展開魚鰭，數十隻眼睛齊齊睜開，像探照燈一樣射出了數十道凝聚不散的光線。

那些光柱來回穿透濃霧，濃霧被光線驅散後，海面上殘留的煙塵之中，出現了巨大而殘破的傀儡，那傀儡的身軀上滿是斷了的頭顱和手臂。

南河和渡朔身負重傷，勉強懸立在空中，時複和胡青已經無力再戰，被渡朔背負著降落下來。

多目的光芒照在傀儡身上，傀儡唯一的腦袋似乎呆了呆，一個透明的氣泡從它的腦袋中冒出，「嘭」一聲浮到天空中慢慢變大，變成帶著影像的氣泡。

這是多目的天賦能力「夢幻泡影」，能將被目光照射到的生靈腦海中的記憶影像化，在泡沫中放映出來。

這個能力在戰鬥時沒什麼作用，但多目在驚嚇之中下意識地使用出來，數十道毫無攻擊能力的光束齊齊打在巨大的傀儡身上，卻讓傀儡呆住了，它抬起腦袋看著空中的氣泡。

在大部分的氣泡中，都有一位擁有一頭火紅頭髮的年輕女子，明豔而張揚。

『成功了嗎？太棒了！成功了！我做出了傀儡！』

那大概是傀儡第一次睜開眼睛的影像，氣泡呈現的正是它的視角，那位女子的臉貼在畫面前，興奮不已地看著它。

『你能動嗎？能走路嗎？太好了，你什麼都會。』

『給你取個名字吧，就叫「天吳」。從今以後有你陪著我，這裡就不會這麼安靜了。』

這位女子在氣泡中轉著圈，歡快地說著。

背景大多是凌亂的煉器室，布滿各種煉器的工具和煉製到一半的半成品。

這位紅色頭髮的女性顯然是一位高深的煉器師，它總是忙忙碌碌地煉製法器。

它在失敗的時候會揉亂頭髮唉聲嘆氣，成功的時候會抱住天吳，在畫面上落下一個巨大的唇印。

『天吳，天吳，有你在真是太好了，你可以永遠陪著我，我永遠都不會孤單了。』

不久後，升起的氣泡中卻出現了年輕男子的身影，它們兩個很親密，遠遠地離開天吳獨處，不再過來。

『天吳，你看看這是什麼？』在一個氣泡裡，紅髮的女子一臉幸福地坐在天吳的身邊，給它看自己抱在懷中的一枚龍蛋，『我好不容易才得到的，純種的血脈呢，不知道要孵多少年才能出生。這是我的寶貝，天吳，你和我一起守著它，行嗎？』

不具有感情的傀儡，呆呆地看著那些氣泡，全然忘記自己身在戰場。

然而南河絕不會放棄這樣的時機，它伸手取出最後一團金色火焰，結束了這場戰鬥。

金色的傀儡轟然潰散，在溶解後落入海水中，煙霧消散的天空裡遊蕩著它留下的記憶氣泡。

在最後一個氣泡中，一頭紅髮的女子躺在地上，它在自己的身上繪製了細密的符文，依依不捨地撫摸著身邊的蛋殼。

『抱歉孩子，母親不能等到妳的出生，無法陪著妳長大。』它溫柔地笑著，並不以即將到來的死亡為懼，『幸好娘親還懂得一些煉器之術，總算能給妳一個守著妳長大的巢穴。』

畫面裡出現七八隻長長的手臂，和一些意義不明的聲音。

那個女子的視線看了過來，『天吳，我說過你能永遠陪著我，但我忘了這個世界上，其實沒有真正的永恆。如今，我要先離開了，能不能麻煩你幫我守護我的孩子？』

『對不起，要你這樣長久地守下去，辛苦你了。』女子安詳地闔上雙眼，遍布它身軀的符文灼眼地亮了起來，它化為巨龍，用骨架撐起天空，眼睛化為日月，鱗片沉在海底，而心臟化為一座小小的龍山。

『記住，擅入者死。』這是它最後留下的聲音。

遠處的青龍也正抬頭看著那些氣泡，雖然它是第一次見到氣泡中的面孔，但它知道那個人是誰。

那溫柔地撫摸著蛋殼的女子就是母親，它的母親。

從此，它對母親的印象不再只有冰冷的石塊、無法觸及的天空，和海底堅硬的鱗片，它有了一張真實的面孔和溫度。

巨大的傀儡慢慢沉入海底，所有人都澈底鬆了一口氣。

這一戰打得十分艱難，守在前線的戰鬥人員幾乎都受傷了，其餘之人也免不了受驚落水，此刻正一身溼答答地相互拉扯著上船休整。

「阿香，阿香，我剛才是不是很勇敢？」烏圓看見危機解除，恢復了囂張的天性。

袁香兒摸摸它溼漉漉的腦袋，「我們烏圓這次好厲害，知道該如何保護大家了。」

烏圓得意死了。

「小駿也很勇敢。」袁香兒沒忘記另一個小朋友。

時駿有些窘迫，不好意思說出剛剛天吳的大手凌空抓下來的時候，自己嚇得差點尿褲子。

時複對著大頭魚人說道，「多謝你，特意下水拉我上來。」

魚人有些不好意思地摸著滑溜溜的腦袋，「嘿嘿，小哥怎麼這麼客氣，我除了游得比較快，什麼忙也沒幫上，倒是多目幫了不小的忙。」

於是所有人都向多目道謝，多目沒想到自己也有被表揚的一天，嘿嘿直笑，挺起胸膛，寬大的魚鰭高高興興地開了又闔，闔了又開。

「你還好嗎？」懸浮在空中的渡朔問身邊的南河，身為鳥類的它在水戰中吃了不小的虧，沒能像南河一樣衝在最前線。

南河看著腳下波瀾起伏的海面，皺起眉頭，「我覺得有些不太對勁。」

強大的上古靈器在眼前緩緩沉入深海，但南河卻覺得這場戰役勝得過於輕鬆。

「我也覺得不太對勁。」渡朔懸立空中，和它一起看著腳下冒著氣泡的海面。

它聽皓翰提起過，妙道曾帶著洞玄教的精銳隊伍闖過數次龍門，卻次次損兵折將，鎩羽而歸。

如果天吳只是這種程度的妖魔，雖說確實強大，但理應攔不住法力高強的妙道才是。

遠處的海面上，青龍的侍女們已經開始慌了起來。

「快回去吧，主人。這些人竟然滅了天吳的靈火，太危險了，這裡很快就會……」

隨著傀儡的碎片慢慢沉到海底，天空中那枚昏黃的月亮驟然明亮，如化石一般沉寂多年的豎瞳，突然有了神采，居高臨下地俯視萬物。

海浪急驟，波光閃爍，海水像是燒開了一樣沸騰起來。海面上聚集出現了四五個急速旋轉的漩渦，靜靜躺在海底的彩色鱗片也一片片懸浮，從大海的深處交織旋轉，向著海面湧上。

一時之間驚浪雷奔，漩渦急促，五彩的鱗片夾帶海水躍出海面，在海天之間激烈旋轉，形成了長長的水龍捲。

安寧的大海轉瞬變了臉色，波濤洶湧，暴雨傾盆，彷彿天地就要在下一刻傾倒過來，一切都被龍捲風強大的吸力拉扯過去。

無數鋒利的龍鱗在那裡面旋轉，巨大的水龍捲夾著刀刃般的鱗片，成為巨大而恐怖的絞肉機器，一旦被扯入其中，便是大羅金仙也免不了粉身碎骨。

「主人，快點，我們快走啊。您的本體還在沉睡，化身不免脆弱，何必留在此地冒險？」侍女們看著那越來越粗大的水龍捲，著急地拉扯青龍的衣袖。

天吳的最終形態不是八個分身，也不是巨大化的傀儡，而是在靈火熄滅後，進入最終的防禦姿態，和整個法陣融為一體。

如果說頭顱中的靈火熄滅之前，它還保有幾分神志，未必要取人性命。靈火熄滅之後，它便會進入瘋狂的攻擊模式，以澈底毀滅眼前的生命為執念。

侍女們知道這片大海很快就會成為修羅地獄，唯一安全的所在地只有它們居住的龍山。

「走，回去吧。」好在它們的主人終於想明白了，轉過身同它們回山。

前行了不過幾步，青龍卻又停下腳步回過頭去，恰巧看見海面上的小船被巨浪掀翻。

小船翻倒在滔天巨浪裡，船上所有人都掉入水中，順著極速的水流被拉向高速旋轉的水龍捲。

那龍捲風的吸力有著排山倒海之能，即便每個人都運用靈氣相抗，也極難掙脫，只能在洶湧的波濤中徒勞起伏，無可抗拒地被拉向閃著五色鱗光的奪命之地。

這是上古巨龍為了保護自己的孩子留下的殺陣，它沒有花俏的招式，沒有惑人的煙霧，只以強橫的力量翻天覆地，發誓要將所有入侵者剿滅。

大頭魚人在漩渦中起起伏伏，掙扎出腦袋來喊話，「阿香，快跑，我們沒辦法繼續前進了。」

袁香兒把抓在手上的小山貓，一把塞進它的懷裡，「請你幫我帶著烏圓。」

魚人是所有人裡面游得最快的，它提著烏圓潛入海中，努力逆行游動，浪濤聲中徒留烏圓的叫喚聲。

多目見得如此，收斂魚鰭四肢，身體變幻顏色，生命徵象幾乎完全消失，成為一塊沉甸甸的石頭一路沉入海底，再也沒辦法引起法陣對它的注意。

在這個時候，水族遠比陸地上的種族來得更有優勢，即便最後抗拒不了吸引力，還是能多撐一會兒。

時駿拖著他的兄長在流水中掙扎，拚命逆著漩渦的吸力向外游。

他明明從未游過泳，卻游得很好，幾乎不會輸給那些努力逃逸的人魚。

如果只有他一個人的話，說不定真的能直接游走，至少不會那麼快陷入絕境，可惜他必須帶著自己的哥哥。

水龍捲剛升起的時候，負傷在身的時複為弟弟擋下了鋒利的龍鱗，已經無法獨自行動。

「你聽我說，小駿，放開我。」時複虛弱的聲音在海濤中響起，「我們總得有一個活下來。」

身後巨大的水龍捲越靠越近，其他人也不知被捲到哪裡去了。

時複拚命揮動小小的胳膊划著水，卻只能眼睜睜地看著自己和哥哥依舊被往後拉。回過頭看去，幾乎近在眼前的巨大水龍捲勾連天地，發出恐怖的呼嘯聲，一片片寒光閃爍其中，若是被捲入，瞬間就會被絞得血肉模糊。

他的心裡慌成一團，不禁產生了把哥哥丟下，自己逃出升天的想法。

他不想死，也害怕承受被捲入利刃之中的痛苦。

哥哥已經暈過去了，就算在此刻把他丟下，他也不會知道。時複斜著眼珠看身邊的兄長，心中不斷湧起恐怖的念頭。

緊拽著兄長衣領的手指鬆了鬆。

走吧，自己逃命去，哥哥肯定不會怪我的。他心中有一個聲音在勸說著自己。

那輕輕一放就能鬆開的手指，此刻卻重如千斤，僵在那裡一動也不動，無論如何都鬆不開。

無論如何都鬆不開……

時駿眼中迸出了眼淚，把昏迷中的兄長拉過來，緊緊抱在懷中，哭著閉上雙眼，任憑自己被巨大的吸力拖進深海，沉進漩渦之中。

阿爹，救救我。

娘親，救救我。

他在心底絕望地呼喊。

突然，有一隻手抓住了他的衣領，止住他下落的勢頭，帶著他飛快地逆流而上。

時駿睜開眼睛，拉著他的是一位俊秀的少女。那女子一手抓著他們兄弟二人，纖細靈巧的雙腿在暗流中飛快擺動，小小的身軀竟能輕鬆抗拒強大的吸力，向著遠處游去。

它面無表情地直視前方，海藻似的秀髮在水波裡招搖，靈巧地避開迎面而來的所有刀鱗，飛快地帶著時家兄弟游動著。

「娘……娘親？」

第二章　消息

「阿青，南河，還有誰……唔。」袁香兒冒出水面喊了一句，為了說這句話，她不慎被灌了一大口鹹澀的海水。

到處都是狂風驟浪，像冰雹一樣的海水不停打在她臉上，巨大的水柱已經近在眼前，她根本看不清周圍的情形，也不曉得大家狀況如何、是否還活著。

雙魚陣自發地從她的身軀中激發出來，環繞在她身邊，守著她的安全。她就像乘坐著一個透明的氣泡，顛三倒四地漂浮在激流中，迅速湧向漩渦中心，等待被吸入千萬鱗片構成的絞肉機器。

在所有人當中，只有她一人擁有如此強大而堅固的護身法陣，至於其他人要如何從這樣的險境中脫身，她不敢想像。

「這個世界上，只有妳能闖這扇龍門。」

袁香兒想起臨行之前，妙道對她說過的話。此時此刻，她終於明白那是什麼意思，在這樣的漩渦中，即便她陷入昏迷，雙魚陣也能自發護著她渡過此陣。

但她身邊的這些朋友，在這樣法力強大、奪天地之造化的法陣前，只怕無一倖免。

袁香兒在雙魚陣中起起伏伏的時候，突然看見頭頂的夜空撕裂了一道口子。芥子空間之外，真正的天空出現在裂縫中，有無數星輝正在擠過裂縫湧入這個世界。

瑩瑩發光的天狼懸浮在洶湧猙獰的水龍捲前，星星點點的銀輝不斷落在它的身上，那具雄健的狼軀幾乎化為無形的星輝。

銀色的星輝絲絲縷縷地纏繞住空中的水龍捲，水龍捲狂躁的波動在越聚越多的銀輝中逐漸平和，開始慢慢變小，減弱，安靜下來。

星辰之力安撫山河巨變，這是天狼族罕為人知的天賦能力。

只為了打開這樣小小的空間缺口，勾連天地，南河幾乎耗盡自己所能。

巨大的水龍捲不見了，一片片的彩色鱗片重新落回水面，它們旋轉著歸於海底，海面上還留有一個深深的彩色漩渦。

在海浪中掙扎已久的人們，終於得到了喘息的機會，紛紛向著遠離漩渦的方向游去。

沒有人注意到那隻銀白的天狼從空中落下，一頭掉進漩渦中心的附近。它已經失去了所有力氣，只能任憑自己的身軀和那些鋒利的鱗片，一起流向海底深處，等待被亂刃撕裂肌膚的痛苦。

但還有一個人在竭盡全力地向它游來。

「快走，別過來，離開這裡，阿香。」南河勉強從旋轉的水面伸出腦袋。

「不，不可能的！」袁香兒拚命向漩渦中心伸出手，「手給我，快給我！」

在赤石鎮外重逢之時，南河一把抱住她傳遞過來的那種心情，此刻的袁香兒切實地體會到了。

眼看著心愛之人身陷危險之中，自己卻搆不著，抓不住，她的心臟驟縮在一起，就連呼吸都帶上了疼痛。

南河常說自己不能忍受失去她的痛苦，在她聽來只覺得是小小的甜蜜。時至今日，袁香兒才明白，原來自己對它也同樣有著濃烈的感情。

南河的腦袋在水中載沉載浮，周圍的水面已經被血色染紅。它還固執地喊，「妳先走，阿香，我沒事。」

我不走，絕對不會。

袁香兒用行動回答它。

所有人都逆行想要擺脫漩渦的吸力，只有她不管不顧地向著危險的中心游去，為了能游得更快，她甚至解除護身的雙魚陣全力划水。一片銳利的龍鱗滑過身邊，在她白皙的臉上劃出一道紅痕。

南河的眼眶紅了，它只能向著袁香兒伸出自己的手，兩人在激流中一起努力，指尖終於觸碰到一起。

南河閉上眼，將自己化為幼狼形態，被袁香兒一把拉進自己的懷中。

袁香兒緊緊抱住那隻小小的銀狼，迅速展開護身法陣。此時已到漩渦中心，水流的吸力將他們一下拖入海底。海水淹沒天地，五色的鱗片接二連三地砸在透明的護罩上，激起一道道術法的光芒。

袁香兒蜷縮在圓球形的雙魚陣中，任憑天旋地旋、四處撞擊，她依然死死地抱住自己的天狼。

南河就像他們初遇之時，柔軟而幼小，緊閉著雙眼將腦袋擱在她的肩窩，灼熱的呼吸染在她的肩頭。

不知旋轉了多久，世界終於安靜了，袁香兒陷入一片眩暈之中。

昏昏沉沉間，她覺得自己懷中的天狼變大了。變得強壯而可靠，帶著她一路向著光明之處游去。

海面逐漸恢復平靜，劫後餘生的大頭魚人帶著烏圓踩上柔軟的沙灘，多目也慢慢從海底爬上岸，在海岸邊冒出腦袋，摸著胸口小心地四處張望。

碧波蕩漾的海面上，胡青的琵琶變成一艘小船的大小。琵琶是它多年來的隨身之物，已經煉製為法器，可大可小，也可隨心變幻。

此時，琵琶小船乘風破浪，在水面上飛速穿行，胡青踩在琵琶的面板之上，憂慮地四處眺望，呼喊著渡朔的名字。

在最為危險的關頭，渡朔勉強用所剩無幾的法力將它推到遠處，自己卻被捲向深海，此刻還沒有浮出水面。

終於，它看見清澈透明的水面下，漂浮著一個一動不動的身影。

胡青猛地跳進水中，快速將昏迷不醒的渡朔拉上小船。

渡朔的傷勢並不嚴重，但它的原型是鳥族，比起在場的所有人，它的水性是最差的。不僅靈力枯竭，而且被捲入深海，因為嗆水而暫時失去了意識。

胡青小心地將它安放在琵琶化為的船面。

此時的天色微明，淡淡的晨曦柔和了它面部的線條，渡朔長髮溼透，凌亂地貼在它蒼白的肌膚上，細細的眉眼閉合著，眉頭緊緊擰在一起。

相比起平日的持重儒雅，此刻的渡朔平添了一分說不清、道不明的柔軟。

胡青蹲在它的身邊，歪著腦袋，悄悄打量著映襯在晨曦中的眉目。從幼年時期開始，自己就迷上了這眉眼，這雙唇。

在歷經無數波折，世態幾經變化，自己卻初心不改，依舊守在大人的身邊。

徹夜的驚心動魄，失而復得，此刻的悠悠小舟，寂靜清晨。

一切都恰到好處地撩動著胡青的心弦。

躺在眼前的人微分雙唇，一縷細細的溼髮蜿蜒勾在唇邊，那樣的惹人目光流連。

它俯下身，輕輕捏住了那人的下巴。

這可是渡朔大人啊，妳的膽子也太大了。

我就偷偷親一下，一下而已。

蔚藍的水面上，孤舟泛海，小狐狸偷偷嘗到了覬覦已久的雙唇。

人間美味，無出其右。

這輩子值得了。

渡朔醒來的時候，發現自己躺在一架巨大的琵琶上，頭頂是湛藍的天空，身下是平靜的大海。

它動了動身體，自己在戰鬥中受了傷，渾身都疼是正常的事，奇怪的是為什麼連雙唇都有些紅腫。

一隻漂亮的九尾狐隔著琴弦，坐在琴面的另一側背對著它，九條柔軟的大尾巴在身後搖擺，昭示著主人的心情愉快。

它在聽見動靜後轉過臉來，看見自己醒來後，卻沒有像往常一樣跳到自己身邊，而是飛快地轉過頭去，正經地坐直身子。

是做了什麼虧心事嗎？

渡朔笑了笑，阿青從小在自己身邊胡鬧慣了，還能做出什麼大不了的事呢？

它大概萬萬想不到，胡青悄悄地對自己幹了些什麼。

琴船向著龍山而去。

「阿青，我有沒有告訴過妳，」渡朔仰躺在琴面上，看著天空悠悠白雲，「在仙樂宮的那些日子裡，我常常會偷看鐵窗外的天空，期待著能聽見妳的琵琶聲。」

「每次只要忍不了痛苦和屈辱，快要到極限的時候，那熟悉的琴聲總會悠悠傳來，舒我內心之抑鬱，解我身軀之苦痛。」

「謝謝妳，這麼多年，一直陪伴在我的身邊。」

微風鼓浪，水石相搏。

時複在海岸邊的石灘上醒來，視線所及之處，青龍化身的少女赤著雙腳，獨立礁石邊緣，眺望著遠處。

岩石之下驚濤拍岸，白浪渾濁，石頂的少女衣襟獵獵，長髮婆娑，飄飄欲飛，無畏無懼。

這裡是屬於它的世界，大海就是它的家。

那位女子轉過臉來，用清澈的眼眸看了時複一眼，抬腳轉身離去了。

「哥哥，」時駿搖著兄長的衣袖，小聲地說，「是……這位，把我們救上來的。」

他終究不好意思稱呼一位陌生女子為母親，只用了一個代稱，但稚嫩的眼眸已經被點亮，裡面滿是壓也壓不住的興奮。

時複舉目望去，那人走得飛快，幾個起躍間已經上了半山腰。

山頂上有著大大小小的洞穴，紅木構建成懸空的長廊，將那些洞穴相連，華服美鬢的侍女走出來，將那位女子迎進懸梯當中最大的一個山洞裡去了。

時複收斂心神，將目光投向海面，尋找自己在混亂中失散的同伴。

海岸邊的淺灘裡出現了一道身影，她走路踉蹌，懷裡還抱著一隻傷痕累累的小狼，是袁香兒。

時複和時駿急忙伸手接她，袁香兒爬上礁石，搖搖頭，做了一個噤聲的手勢後，在兄弟倆的身邊坐下，小心安撫沉睡在她懷中的南河，「小聲一點，它累壞了，讓它睡一會兒。」

很快，烏圓、魚人和多目一起找到了他們，朋友們劫後餘生，看見大家都平安無事，比什麼都令人開心。

只有出海去找渡朔的胡青，耽擱了很長一段時間，二人回來的時候，烏圓不高興地跳上前，「阿青，妳也太慢了，害我們以為出了什麼岔子，魚哥都載我出去找你們兩回了。」

烏圓或許天生就有招人喜愛的屬性，魚人護著它跑了一路，它又幫自己收穫了一位魚哥。

山洞中的青龍趴在軟塌上，任由侍女們忙碌地為它更換衣物，擦乾頭髮。

「那些普通的母親，都是怎麼養育後代的？」趴在軟塌上的青龍突然開口問道。

溫柔的侍女手持大毛巾，輕輕擦拭著它的頭髮，淺笑著說，「奴婢們只是紅龍大人煉製的傀儡，並不知道那些母親是怎麼做的。」

它們是紅龍煉製的傀儡，在這個封閉的小世界裡生活了成千上萬年。

那位煉器宗師賦予它們思考、說話和活動的能力，若是在漫長的歲月中有所損壞，也只需要泡在海底後成為人魚，修養一段時日，便可自行汲取天地間的靈力來修復身體。

如此生生不息地渡過了萬千歲月，唯一的指令是守著龍蛋的孵化，撫養照顧出生在龍山之中的這位小公主。外面的世界如何，它們其實並不知曉，只能從偶爾來到龍山的郎君們那裡獲知一二。

「我從一本書上看過，作為母親要管剛出生的孩子吃喝，給子女們修築一個溫暖的巢穴。」一位侍女興沖沖地說出自己的所知。

「然後呢？」

「然後在孩子們長大一些後，把他們從懸崖邊的巢穴裡推出去就完事了。」

「我知道，我知道，並不用那麼麻煩，聽說只要多生一些孩子，數量上足夠了，哪怕不聞不問，也終究會有幾個活下來。」

「也能把孩子生在別人的巢穴裡，這樣自然會有人替你孵育後代。」

它們一拍手，「這樣看來，也不是很難的嘛。」

青龍哈哈大笑，成年後時常四處遊歷的它，好歹知道養育後代並不是侍女們說的那回事。

「主人，那些人上來了。」一位女侍進來通報。

「行吧，讓他們進來。」青龍拍拍衣裙坐起身。

袁香兒等人進入了龍山上最大的洞穴，這個巨大而開闊的天然石穴內部，被布置得奢華舒適，玉床金榻，芙蓉帳掛珊瑚勾；美婢嬌奴，紅酥手薰碧螺香。

洞穴深處，珠翠華寶堆積成山，高高的寶山上盤踞著一隻巨大的青龍。

那隻上古神獸閉目沉睡，龍息幽幽地在洞內迴響。

一位少女坐在龍頭，蓮裙金靴，垂目低頭看著他們，手上正拋接著一顆核桃大小的透明珠子。

「花這麼大的力氣，就是想得到這個吧？」圓潤的手指將那透明的珠子向前一拋，玻璃球一般的透明珠子，在空中劃過一道弧線，落進袁香兒的手中。

「喏，拿去吧。」

袁香兒看著手中的珠子，不敢相信自己就這樣得到了傳說中的龍族至寶，她本以為還要經過百般刁難和考驗。青龍或許會因為他們覬覦自己的寶物，成功闖過法陣而不太高興，藉此提出各種難題，作為兌換寶物的條件。

想不到那位看起來不太好說話的少女，隨手就把東西給他們了。

那滴溜溜轉的圓珠在它手中旋轉著，傳來一股強大的水靈氣，證明它便是袁香兒一行遠道而來的目的——水靈珠。

「這麼輕易就給我們了？不是說是龍族的寶貝嗎？也不用我們製作美食兌換了嗎？」她疑惑地問。

胡青和她走在一起，低聲交談，「肯定是因為它的寶貝太多了，所以不稀罕吧，妳看，它的真身簡直像是睡在一座寶物山上，不愧是傳說中的龍族，真是太富有了。」

「並不是這樣的。」在前方領路的侍女轉身回答，「主人只是不太會表達，它其實很開心你們能進到這裡，水靈珠大概是它回饋給你們的禮物。畢竟幾千年來，你們還是第二個能夠自行進入龍山的生靈。上一回來的那位，最後還和主人成為了朋友呢。」

它領著袁香兒等人走到一處稍小的洞穴前，躬身行禮，「距離龍門下一次開啟，還需要幾日的時間，各位這幾日可以安心住在這裡。若有所需，大可使喚我等去辦。」

袁香兒叉手回禮，「多勞姐姐。」

侍女不由笑了，「我們並非生靈，不過是前主人煉製的傀儡而已，姑娘不必對我等這般客氣。」

袁香兒搖頭道：「妳們能說話，有思想，也有情感和記憶。便已經是一種生命的形態，怎麼可以說不是生靈呢？」

那位侍女愣了愣，將袁香兒的這句話反覆品味了片刻，模式化的笑容帶上了幾分真誠，感慨道，「不愧是自然先生的門下，這心性和眼界都和先生一模一樣。」

這下換袁香兒吃驚了，「姐姐見過我的師傅？妳如何知道我是師傅的弟子？」

「姑娘身上的雙魚陣，難道不是自然先生的獨門法陣嗎？若不是先生要緊的徒弟，這樣重要的護身法陣，怎麼會傳到您身上？總不能是先生的女兒吧。」

袁香兒可是血統純正的人族，沒有半分妖魔血脈，一眼就能看出來。

「這麼說，妳見過我師傅使用雙魚陣？」

「您還不知道啊？」侍女舉袖掩嘴笑道，「那位唯一進入過這裡的人，便是余瑤大人啊，它是我們主人的朋友呢。」

容貌俊逸、性情溫和的男子卻沒被主人看中，而將其視為朋友的可不多。

大概是那位自然先生擁有著同樣強大的實力，一般綿長而悠久的壽命，才能在初見的時候，就得到彼此平等的對待，進而慢慢以朋友的方式相處起來。

「是嗎？原來青龍是師傅的朋友。」袁香兒聽見這個消息很是開心。

她走出家門，遊歷四方的一大因素，就是期待在旅途中打探到關於師傅的消息，想不到在這個地方，真的遇到了師傅的故人。這讓她打從心底感到振奮，她決定在龍山上多住幾日，和青龍搞好關係，好好探聽一下師傅的過往。

龍山上的客居，外表全是自然古樸的洞穴，內裡卻間間都布置得奢華舒適。

招待他們入住的侍女們個個熱情洋溢，捧來柔軟的錦被、精緻的器皿和華美的衣物，「幾十年沒招待過客人啦，好熱鬧，感覺就像過節一樣，我們都很開心呢。」

「讓我們好好服侍您，有什麼需要，儘管說便是。」

袁香兒的床榻上躺著一隻銀白色的小狼。

她掀起銷金睡簾，見著那隻趴在軟墊上，呼呼沉睡的小小天狼。

好久沒看見南河變為這種形態了，袁香兒回憶起往昔的時光，按捺不住地伸手去捏那軟乎乎的小耳朵，摸一摸毛茸茸的腦袋和脊背，又順著脖頸鑽進去，撓一撓細軟的毛髮。

小狼很快就在睡夢中翻過肚皮來，朝她露出了柔軟的腹部。袁香兒上下其手地使壞，越來越不規矩，很快，床榻上「嘭」地一聲冒起了煙霧，小小隻的毛茸茸化為四肢修長的男子。那人才剛睡醒，眼神中還帶著迷茫，別有一番勾人的味道。

它看見了袁香兒，伸出光潔的手臂，在袁香兒的一聲驚呼中，將人一把撈過去，翻身按在自己身下。

「阿香，阿香。」南河的鼻尖摩挲著袁香兒的面孔，睡眼惺忪，聲音有些沙啞，反覆呢喃袁香兒的名字，

袁香兒臉上的那道傷痕結了痂，微微刺到它的鼻尖，南河停下親昵的動作，凝望那傷口片刻，俯身輕輕舔著那道傷口。

「別鬧，這樣好癢。」袁香兒笑著伸手推它。

「我們天狼族都是這樣療傷的，很有效。」南河頗為無辜地抬起頭，舔完她的臉，又捧起她的手掌，細心而虔誠地輕吻手指上的傷痕。

它的舌尖溼潤，帶著灼熱的氣息，一下一下地勾在皮膚上，勾出人心底的一團火。

袁香兒按住它的手，咬著嘴唇，撐起身體看它。

「說得也是，這種療傷方式似乎不錯，你看你身上的傷口那麼多，該讓我好好地為你治療才是。」

南河的面孔瞬間漲紅，明明什麼事都做過了，它還是不能承受袁香兒的各種調戲。

「怎麼啦？不是你自己說的嗎？」袁香兒靠近它，在它耳邊悄悄說，「都傷在哪裡了？快讓我看看啊。」

青龍見到袁香兒的時候，它的眼角和眉梢都還堆著喜悅的春色。以致於那位看起來單純，實則是一位老司機的青龍大人，一眼就看出這個女人剛才經歷過了什麼。

人類和妖魔之間的歡好有那麼值得開心嗎？青龍在心裡撇撇嘴。

好像確實不錯，我曾經也擁有那麼一個。

「青龍大人來得正好，我們在烤餅乾，一會兒請您嘗一嘗。」袁香兒開口招呼它。

案桌上擺著一個鐵盤，盤上整齊地擠著一團團的小麵餅。袁香兒正用雙手施展神火咒，小心翼翼地控制著火候，抽不出手來打招呼。

烏圓和時駿在袁香兒的身邊幫忙搖晃牛奶罐，製作天然奶油，看見青龍進來後，時駿忍不住悄悄打量它。

那雙漂亮的眸子帶著一絲想要靠近、又不好意思的羞澀，令青龍依稀間看見了曾經生活在這個洞穴內的身影。

六十年前的時光彷彿只在昨日。這幾日來，在那飄散著餅香的案桌邊，在紫色的花海中，在暗香浮動的床帳內，在龍山的各個角落，那個男人的身影總會無意間出現，依舊用那淺笑溫柔的眼眸，默默看著自己。

我這是怎麼了，他已經死了，死去就應該被遺忘，為什麼我還會想著一個已經死去多年的人呢？青龍揉了揉眼睛，不理解這種奇怪的感受為何而生。

奶油色的麵餅被恰到好處的溫度烘烤，漸漸變得酥脆蓬鬆，散發出一股誘人的奶香味。一向視美食勝過一切的它，第一次失去了對舌尖享受的熱切追求。

袁香兒的廚藝本來很是普通，前世單身一人，沒有做飯的興趣，這一世有師傅和師娘慣著，也很少下廚。

幸好她曾經參加過一個短期烘焙培訓班，對西式點心的製作有一些了解。如今這也算得上是獨一無二的技能了，正好可以用來吸引喜好美食的青龍。

她小小翼翼地控制火候烤製的，正是加了奶油和白砂糖的餅乾。

在裡世可以尋到的食材天然且新鮮，製作出來的食物都很好吃，唯一不足的是缺少相應的設備和佐料。幸好能幫忙袁香兒打下手的每一個人，都算得上是天賦異稟，一群大妖用術法彌補了設備的不足。

「奶油也太難提煉了，我都搖累了還沒好。」烏圓新鮮了一陣，很快厭倦了。

「讓我來吧。」時複說道。

一根柔韌的藤蔓從空中伸過來，接過烏圓和時駿手中的牛奶罐。

從洞穴頂部垂掛下來的綠色藤蔓，吊著三四個牛奶罐，在空中一刻不停地來回甩動。只要如此維持半個時辰，罐子裡的牛奶便會油水分離，得到製作奶油的初步材料，只要有了奶油，就可以烤出香噴噴的餅乾和蛋糕。

另一邊，胡青趴在案桌邊，盯著眼前的數個陶罐，每個罐子裡都裝了半罐蛋清，九條狐狸尾巴越過身體伸到桌前，各自纏著一大把筷子，正自顧自地攪拌個不停，打出了一罐罐連綿細膩的白色泡沫。這是袁香兒一會兒要用來製作蛋糕的原料之一。

「阿香，快看看，我這樣行了嗎？」胡青停下操縱筷子的尾巴，喊袁香兒。

袁香兒抽空瞥了一眼，「還不行，要打到筷子立在泡沫中不倒。」

「好。」胡青應了一聲，各個陶罐裡的筷子又打了起來。

青龍被這些奇怪的操作吸引，搬了一張椅子坐在桌前看著，「妳的控火術練得格外精細，我很少看到有人能將控火術練到這種程度。」

袁香兒小心觀察烤餅乾的火候，頭也不抬地回道：「練得細緻也沒什麼用，只能在做飯這種小事上略有幫助而已。」

「怎麼能說是小事呢？這世間的一切生命，都離不開「飲食」二字，可見此事才是重中之重。那些修習了術法，只為打架鬥毆的人，才叫本末倒置。」

「您說話的口氣，倒是和我師傅很像。」

「我和余瑤認識了上千年了，既然能做朋友，自然有相似之處。」

「青龍大人，您知道我師傅去了哪裡嗎？」

「吾名孟章，妳叫我阿章也可以。」一臉稚嫩的少女將下巴擱在桌案邊緣，報上自己的名字，並不在乎輩分的混淆，「我不知道它去了哪裡，倘若妳想找它，身邊就有現成的辦法。」

「阿章教我。」袁香兒從善如流，立刻換了稱呼拉近關係。

「天狼族擁有星辰之力，用天狼的身體髮膚煉製的法器，盡可窺星空之下一切，是用來尋找星光所照之下生靈的利器。妳身邊不是就有這麼一隻天狼嗎？」

「我知道，我知道。我在洞玄教的國師那裡，見過一個類似的白玉盤。」袁香兒連連點頭，取出了一直隨身攜帶的南河毛髮，「可是即便在裡世，我一路上也詢問過不少煉器大師，都沒有找到會煉製的人。」

孟章一臉不高興，「妳難道不知道，這世界上最厲害的煉器大師是誰嗎？」

「啊？」

烏圓的聲音及時在袁香兒腦海中響起，『就是它，就是它。龍族代代相傳的天賦能力便是煉製神兵法器。』

袁香兒烤了兩盤餅乾的當口，孟章就將南河的頭髮，煉成兩枚像是戒指一般的銀環。

「找一個安靜的時刻，滴入血液化為己用即可。此環大小隨心變換，便於攜帶，放大之後，可觀圓環內景象。」

袁香兒意外拿到一直想要的法器，還一次得了兩個，欣喜萬分，「可是，為什麼要煉製兩個呢，是成雙成對的意思嗎？」

偏偏是兩枚銀光流轉的戒指，如果把其中一個給南河，是不是有點像求婚的意思，想不到阿章是一隻這麼體貼的龍，袁香兒心存感激。

「我煉製法器一向喜歡煉兩個。」孟章面無表情地說。

「因為可以替換使用？」

「可以用一個丟一個，好彰顯我龍族的富有無人可及。」

「……」

餅乾烤好了，因為是第一次製作，所以準備的原料不多，只烤了一些。但早就按捺不住性子，嗷嗷待哺的卻有烏圓、時駿、魚人、多目和孟章等人。

一盤子的餅乾端上桌，清空的速度只在一瞬之間，「風捲殘雲」都不足以形容他們的動作之快。大部分的餅乾都落進了看起來興趣不大，手速卻無人能及的青龍口中。也不見它有什麼特別的動作，厚厚的一疊餅乾「咻」一下就進了那張櫻桃小嘴。

「味道真不錯，確實沒有吃過。」它伸出舌頭舔了舔嘴唇，「看來這個世界上，還真的有很多我沒吃過的美食。」

烏圓不開心了，從前但凡阿香做的食物，它都是第一個吃，而且是吃得最多的那個。

可是它又怕青龍，只能扯著袁香兒的袖子撒嬌。

「阿香，阿香，人家幫忙了一整個早上，才吃到一片，嗚嗚嗚。」

「行啦，新的奶油還沒那麼快做好，等下一批吧，我一會兒烤蛋糕給你們吃，蛋糕也很好吃。」袁香兒摸了摸它的腦袋，「你看時複、時駿還有阿青他們也都還沒吃呢。」

烏圓抬頭一看，時駿可憐兮兮地坐在空空的盤子前，果然連一片餅乾都沒搶到，這讓它的心裡平衡了一些。

孟章手上捏著最後一片餅乾，一點一點地啃。所有人都看著它吃，讓它的心裡特別高興，似乎這幾片餅乾的味道都變得更好了，畢竟沒什麼人敢從它手裡搶奪食物。

時駿看著空空的碟子有些沮喪，他幫忙了半天，被那個香味勾搭了一整個早上，早就想要嘗一嘗，卻沒能搶到。坐在他身邊的時複搓了搓他的小腦袋，以示安慰。

孟章突然想起侍女們說過的話。

「養孩子嘛，就是管他們吃喝，給他們居住的巢穴。」

管他們吃喝。

時駿咽了咽口水。

此時一片黃澄澄的餅乾，突然出現在他眼前的碟子上。

他一塊，他哥哥一塊。

兄弟倆轉過腦袋去看孟章，孟章卻沒看他們，拍了拍手上的餅乾屑後站起身，轉身離開了。

「繼續做，做好了再叫我。」

袁香兒托著烤好的蛋糕找到南河的時候，南河正盤膝坐在一塊山石上，萃取星力。那顆白篙果實凌空懸繞在它的身前，為它治療身上的傷勢。

等南河的修行告一段落，袁香兒便拿出那兩枚戒指給它看。

「這是用你給我的頭髮做的呢，我們一人一個吧？」

銀色的戒指彷彿也落上了星光，銀輝流轉，細細看時，卻有一條黑絲穿行其中，糾葛纏繞，黑得恣意耀眼，更襯銀白。

「抱歉，我的頭髮不小心混入其中了。」袁香兒笑嘻嘻地說。

話還沒說完，南河已經握住她持著戒指的手，伸過頭來吻她。它的呼吸很重，帶著一股特有的甜香，卻吻得隱忍克制，莊重情深，彷彿想烙下一個印記，刻下永世不變的諾言。

明明只是淺淺的一個吻，南河那慎重認真的模樣，平白生出了一股隱晦的情色，比平日裡的糾葛纏綿更讓人心動。

袁香兒差點沒忍住，想到此刻有更重要的事情要做，只能咬咬牙先放下了。

她將其中一枚戒指煉化，放大為臉盆一般的大小，戒圈內頓時亮起一片銀輝。

或許馬上就能知道師傅的行蹤了。

她雙手合十，默想師傅的模樣，儘管多年未見，師傅清雋爽朗的樣子依舊能清晰地出現在腦海中。

銀色的光芒起了變化，銀輝散開，戒圈裡現出一片茫茫大海，海面波光粼粼。

「怎麼是大海？難道我師傅在海底嗎？」

既然師傅是鯤鵬，待在海底倒也正常，可惜小星盤這一類的法器，只能看見星空之下的景象，比如在這個小世界內。但在海底，或是在沒有窗戶的屋子裡的畫面，都無法看見。

只是這世間大海萬千，會是在哪一處的海面呢？

袁香兒催動靈力，將星盤中的畫面縮小，海水的波紋看不見了，湛藍的大海從高空看下去的模樣，就像是一塊漂亮的藍寶石，這塊寶石無邊無際，不知所在何處。

袁香兒再次縮小畫面中的景象，終於在大海的邊緣看見一道赤紅的線條。高高的大陸邊緣驟然截斷，斷面處有一排赤紅的石壁，形成了深而不見底的懸崖。河流流到板塊邊緣，化為銀色的瀑布從崖上奔流而下，沒入廣袤無垠的大海。

「這是……赤淵？」南河念了一句妖魔中流傳的短句，「南之極地，赤紅之淵，下為南溟。南溟者，海也，縱橫萬萬里，無人知所極。」

「妳的師傅在南溟？」

「師傅在南溟的海中？」

兩人同時說了一句。

南河：「南溟在大地的盡頭，便是我和渡朔全力奔走數十年，也無法走到那裡。妳若想找尋師傅，還要將來另尋機緣。」

師傅為什麼要跑去那麼遠的深海，又是為什麼從不傳遞消息給她？

本以為可以立刻得到師傅的消息，結果還是空歡喜一場。

袁香兒不免心中沮喪。

時家兄弟坐在一起，漫山遍野的淺紫色花朵在風中搖曳。

「這裡有好多這種花，我記得父親以前也有種過。」時駿摘下一枝細碎的小花，拿在手中擺弄，「父親走後，沒人打理的那些花也都死了，想不到這裡卻長了這麼多。哥哥，這個花叫什麼名字啊？」

時複搖搖頭，那時候的他焦頭爛額地處理父親的後世和撫養弟弟，根本無暇顧及院子裡的花花草草。

紫色的花朵星星點點，一路延續到山腳，山腳下是看不到邊際的大海，白色的浪花拍打著山坡，透過清澈的海水可以清晰看見海底的五色鱗石。時而有人魚搖曳著長長的尾巴，貼著那些絢麗的石片游過。

空中豔陽高照，俯視大地，虛幻的光輝骨骼在湛藍的天空中若隱若現。

「這裡真美啊。」時駿看著頭頂的天空。

「雖然很美，但不是適合人類生活的地方，這裡除了……它，甚至連一個真正的生靈都沒有。」

「是嗎？」時駿有些難過，他聽懂了哥哥話語中的意思，「那我們同阿香他們一起離開後，還有機會再回到這裡嗎？」

「大概很難了。」時複打破弟弟的幻想。

時駿低下腦袋，小聲說了一句：「娘親給的那塊餅子，很好吃呢。」

他知道自己這樣大概會被哥哥笑話。母親是一位恣意任性，比自己更孩子氣的人。或許是得到的越少，越覺得珍惜，母親遞給他的那小一片餅乾，讓他反覆放在心裡咀嚼了無數遍，戀戀不忘其中滋味。

時複從懷裡掏出一塊手絹，打開層層包裹的絹角，露出小心包裹在裡面的一片餅乾。

他看著遠方的海，把那片餅乾托在弟弟眼前。

「啊，哥哥，你還沒吃啊？」

「給你吃吧，」時複摸了摸弟弟的腦袋，「母親雖然冷淡了一點，但它好歹還活著，而且會活很久。有它的存在，我們就不算孤兒。這樣一想，是不是就好多了？」

時駿看著身邊的兄長。

原來哥哥也和他一樣呢。

在山的另一邊，袁香兒和南河並肩坐在山石上，看著波光粼粼的大海。

看似平靜的大海底下，究竟是一個什麼樣的世界呢？

袁香兒看了許久，緩緩開口，「師傅對我來說，是勝過父親的存在。」

「它不僅改變了我的人生，更用它的溫柔和慈愛影響了我。」袁香兒想起幼年時期的往事，「從前的我和如今很不一樣，如果不是遇到了先生，我可能根本就不知道該如何去愛身邊的朋友和家人。」

海浪聲層層疊疊地從遠處傳來，就像是師傅消失的那天中午，在睡夢中聽見的聲音一般。

「即便到了現在，我都能清晰記得師傅背著我的記憶。」袁香兒垂下眼睫，「先生離家八年了，我還以為今日終於能得到它的消息，真是……期望越高，失望越大。」

南河看著身邊的人，從它認識袁香兒的那天起，阿香就是一副嘻嘻哈哈，快快樂樂的模樣。

她是個溫柔的女孩，但絕不柔弱。她體態纖細，內心卻很堅強。身邊所有的朋友或多或少都得到過她的照顧。只要有她在，就會讓整支隊伍更有安全感。

難得看見她流露出脆弱的一面。

南河不知該如何安慰她，孤獨長大的它其實沒有安慰他人的經驗。

要讓阿香開心起來，它心想。

快想想，阿香喜歡些什麼。

沮喪中的袁香兒被一條毛茸茸的大尾巴蓋住了膝蓋後，抬頭看向身邊的南河。

「別難過了，尾巴給妳摸。」南河咳了一聲，尾巴尖微不可察地動了動，避開了袁香兒的視線。

袁香兒看著它的側臉，那漂亮的脖頸上帶著一抹霞紅。她心底的陰鬱一下被沖淡了不少。

送上門的尾巴哪有不摸的？袁香兒抓住柔順的大尾巴摸來摸去，看著那尾巴時不時因為按捺不住，隨著她的動作跳動一下。

「心情好一點了嗎？」

「嗯。」

袁香兒好多了，毛茸茸的尾巴果然是緩解情緒的神器。

「阿香妳別急，我陪妳一起，總有一天能找到妳師傅的下落。」南河忍著過電一般的酥麻感，捂住雙眼，「嗯……夠了……」

袁香兒把它的手拿下來，看著那雙因為忍耐而瀲灩的眸子，「我們一起找，到時候，我要把你介紹給師傅，我要告訴它你是我的……」

她還沒把話說完，一手握著南河的手，將那枚銀色的戒指放進它的手心，闔上它的手掌，自己的臉也忍不住微微發燙。

「喂，你們也注意一下，這幕天席地的，也不設一個法陣，半座山都是天狼的氣味啦。」一個不解風情的聲音打斷了手把手的二人。

孟章稚嫩的臉蛋出現在更高一些的山石上。

袁香兒不以為意，拉著南河的手沒放，轉過頭來看它，「阿章找我有什麼事嗎？」

孟章抬了抬短短的眉毛，一手托著雪白的香腮，「我見過不少人類女孩，每一個都比兔子精還靦腆。妳卻有些特別，阿瑤那個傢伙看起來隨隨便便，其實還挺會教徒弟的嘛。」

提到師傅的時候，袁香兒一點也不謙虛，「是的，我師傅把我教得很好。」

「那個，」孟章朝袁香兒戴在手上的戒指抬了抬下巴，「已經可以使用了嗎？借我用一次。」

袁香兒摘下戒指，拋在空中，銀色的圓環在空中放大，化為桌面大小。

孟章伸出手指，在圓環上空一點，環內的銀輝當即散去。

此刻接近午時，大地之上理應豔陽高照。

環內的景物卻塵氣莽然，昏暗縹緲。如昏黃，似永夜，渾渾噩噩，不似人間。混沌中依稀又有城郭、樓臺、街巷。似人類所居之城鎮，昏暗中有人影來來去去，鬼燈搖擺，忽隱忽滅。

畫面順著煙霧繚繞的街區晃過，袁香兒甚至還在晃動的鏡頭中，看見了一張熟悉的面孔，那是韓佑之早已離世的母親麗娘。

袁香兒打了個寒顫，在這個地方生活的都是死者？

南河：「這是酆都，亡者之城，鬼物彙集之所。」

畫面停頓下來，昏暗的世界正下著雨，雨中出現一名男子的背影，那人年歲已高，滿頭華髮，四肢清瘦，正站在一片陰雨中，抬頭望著天空。

孟章望著那背影半晌，什麼話也沒說，轉身離去。

剛剛還豔陽高照的小世界，突然陰鬱起來，明陽闔上眼眸，天空烏雲密布，淅瀝瀝地下起了雨。

「下雨了呢，好難得啊。」侍女們推開窗戶，伸出手來接雨水，「反正很快就會放晴吧？這裡的天氣隨主人的心情變化，主人的忘性一向很大。」

第三章　不悔

再過一日便是龍門開啟的時刻。

袁香兒把製作奶油剩下的脫脂牛奶，全部施法冰凍了，打算製作成細膩可口的牛奶綿綿冰，請所有人嘗一嘗，感謝它們照顧了這幾日的時光。

「哎呀，我們也有份嗎？」侍女們高興地說。

它們依靠這個小世界內迴圈生息的靈氣活動，並不需要從食物中汲取養分。但它們也存在著味覺，能夠嘗一下新鮮美味的食物還是很高興的。

或許那位紅龍母親在創造這個世界的時候，害怕孩子寂寞孤獨，才會在這個封閉的世界裡，設置眾多和真人一般無二的人偶，以便陪伴著自己的孩子長大。

「嗯，材料有很多，姐姐們就放心地吃吧。」袁香兒說。

來的時候，因為打算以美食攻略青龍，所以用祕法攜帶了不少食材，離開的時候就想盡量地消耗掉。

袁香兒找來乾淨的鉋子，大家一起動手把成塊的牛奶冰刨出細密的冰屑。

「這東西倒是常見的食物，只是做法略有些特殊。」孟章蹲在案邊，看著那雪白的冰片一一落下，它伸手接了一片嘗了嘗，「味道還行，就是做起來有些麻煩。」

袁香兒：「這裡沒有刨冰機，如果有的話，可以做出更細膩、口感更好的，速度也快。」

孟章：「刨冰機是什麼？」

袁香兒用溼漉漉的手指在桌面上畫給它看，大概說了一下原理。

很快，桌上就出現了兩臺螢光閃閃，氣勢不凡的新出爐法寶。用靈氣取代電力往內注入，可以達到和刨冰機一樣的功效。

在「唰唰唰」的響動聲中，紛紛落下的綿綿冰被一盤一盤地接了出來。

冰面鋪上了各種水果，再澆上果醬和蜂蜜，吃得所有人讚不絕口。

「阿香，阿香，這個好吃。多做一些，我要吃一大盆，還要在上面放滿小魚乾。」

天賦能力是火焰的烏圓為了吃冰，竟然發揮超越平常的水準，幫忙凍住了不少牛奶，就等著變換口味，一盆接一盆地吃下去。

「不行，吃多了肚子會疼。」袁香兒捏著它的後脖頸，把它從盤子邊提起。

烏圓拚命掙扎，「那它、它怎麼能吃那麼多！」

烏圓在搶東西吃的時候，已經澈底克服了對龍族的恐懼。

孟章捧著一大盆冰坐在洞穴的窗臺上：「確實不錯，風味獨特。」

也不見它怎麼動作，雪山一樣的冰卻迅速填進了它小小的身軀中。侍女們一盆接一盆地遞給它。它吃得面不改色，那小小的肚子也絲毫不見鼓起。

青龍的侍女們都吃得十分開心，千百年來因為覺得自己吃了食物，也不過平白浪費，它們很少像這樣敞開來吃。

這種冰不吃就化了，也是浪費，它們只好開開心心地大吃一頓。

「真是謝謝姑娘了。我很早就想像這樣好好吃一頓，可是姐姐們總是不同意。」一位小侍女說道。

「我們可是傀儡，吃到肚子裡的東西，最後還是要全部拿出來，不是浪費嗎？」年貌看起來稍長的侍女一邊吃著冰，一邊笑著說它。

「可是我就是饞嘛，大概是紅龍大人當年把我們做得太真實了，我總覺得我也能吃好多東西。」

「吃吃吃，妳儘管敞開來吃，吃破肚子後，再變回人魚去海底游個一百年。」

侍女們嘻嘻哈哈地笑成一團。

在它們笑鬧的當口，孟章把袁香兒喚到身邊，就著她的手，把她手腕上的那條手鏈一分為二，煉成一雙黑白相間的手環。

「那隻鳥的天賦能力很有用，它的羽毛應該這麼用，妳這是找誰煉的遮天環？簡直暴殄天物。」它一臉不屑地鄙視同行。

在這段時日的相處下，袁香兒已經摸到了這隻上古神獸的脾氣，它嘴上說得隨意，實際上這是它表達謝意的一種方式。

孟章生性不羈，出手大方，只要做了讓它高興的事，它通常會立刻表示。清純的面容，不羈的性格，強大的實力，豪闊的出手方式，這大概就是它征服眾多情人的魅力所在吧。

袁香兒試驗著那對用渡朔羽毛煉製的遮天環，果然和在龍骨灣匆匆請人煉製的手鏈不可同日而語。它張開的結界，可以在大範圍內遮擋所有法器的窺視，包括仙樂宮內的白玉盤。

甚至可以在不觸碰的情況下，阻斷身邊生靈的視線，並阻擋結界內一切聲音和氣味的洩露。有了它們，便再也不怕任何人窺視他們了。

袁香兒摸著這對寶貝手鐲，幾乎要哈哈大笑。雖然孟章在情事上有點渣，但這不妨礙袁香兒對它的感激之情。她恨不得在這裡多住幾日，好再麻煩孟章幫忙煉製一些具備冰箱、烤箱之類的法器。

「這可是好東西。」孟章一手撐著窗臺，一手附在袁香兒耳邊，「有了它們，妳就算和那隻小狼在大街上親熱，都不會有人發現。」

「啊，還有這樣的用途嗎？」袁香兒忍不住悄悄朝南河看去，和渡朔、胡青站在一起的南河正朝她看過來，露出了一臉疑惑的神色。

「青龍大人用渡朔大人的翎羽煉製了什麼東西？」胡青開口問道。

孟章大大咧咧地開口，「給阿香煉製了一個可以在大街上……唔。」

袁香兒死死地捂住了它的嘴。

「幹什麼？幹什麼？」孟章把她的手扒拉下來，豎起眉毛生氣了。

袁香兒連哄帶勸，承諾在明天離開前，給它烤好充足的餅乾和點心，方才哄住了。

侍女們看著鬧哄哄的窗臺，露出欣慰的笑容，「哎呀，真是難得，主人又交到朋友了。」

「這位小姑娘的膽子真大啊，我還是頭一次看見有人敢捂住主人的嘴巴。」

「主人雖然看起來很生氣，其實是高興的吧。」

「是的，不愧是余瑤先生的弟子。這位小姑娘這樣的活潑有趣，主人還沒有和這樣的夥伴一起玩耍過呢。」

孟章手裡端著袁香兒單獨做給它的舒芙蕾，凌空飛上山頂。這裡是它經常獨自待著的位置，它喜歡待在離天空最近的地方，看著四面大海，享用難得的美食。

然而今天卻有人早它一步來到這裡。那位天狼族的男人正盤膝坐在山頂的岩石上，閉目打坐，萃取星力。

南河感覺到身邊有人出現，睜開了眼睛，向孟章點頭示意。

孟章落進山頂上紫色的花地裡，獨自享用手裡的點心，「你是阿香的男人吧？哦，你們居然還簽訂了使徒契約？」

它看見南河額心一閃而過的印記，知道南河和袁香兒的感情十分要好。

南河沒有否認，輕輕「嗯」了一聲。

天狼和龍族一樣，擁有綿長的壽命。像它們這樣的種族，一般不會輕易對那些壽命短暫的生靈，傾注過多的情感。亙古神獸大多遊戲於天地之間，冷眼旁觀世間滄海桑田，山川變幻。

「你這樣愛著一個人類，不會後悔嗎？」孟章含著勺子疑惑道，「我有過很多情人，他們的壽命都不長，有時候我只是睡了一覺，或者出去吃頓飯，他們就枯萎，死亡，消失無蹤了，永遠不存在於這個世界上。不顧一切地愛上他們，豈不是給自己帶來無盡的痛苦嗎？」

南河看著它：「妳會這麼問，大概是因為妳還沒有真正喜歡過一個人。」

「胡說，你這隻小狼才活了多少年。」孟章不服氣了，「我擁有過的情人比你多。在我看來，情和欲本就是合而為一的東西，我對每一任情人都有過真實的欲望，也就是真正的喜歡，並沒有欺騙他們。只是隨著欲望消散，這種附帶而生的情感自然會慢慢淡去。」

「說得沒錯，情欲本為一體。但若是真正動情，妳根本無法控制心底的欲求。」南河從山石上站起身，看見遠處的朱紅懸廊上，那個熟悉的身影正提著裙襬，高高興興地朝這裡走來。

「妳是否有過那種心情？按捺不住地想要他，想要和他在一起。看見他笑，妳也會發自內心地開心。看見他難過，妳也避免不了地傷心。若他不在身邊，腦海中時時刻刻都會出現他的影子。但凡彼此相擁，便是天下最快樂的事。」

「等妳有了這樣的情感，將來如何，自己以後會不會痛苦，付出是否值得，這些問題妳根本無從考慮。」

孟章有些發愣。

阿時不在身邊的這些日子，腦海中常常出現他的影子。

和他滾在紫色的花地裡，快樂得好像飛上了天空。

看見他臨別之前落下淚來，向自己討要一點血脈，自己心裡是不是莫名湧起奇怪的感覺。

原來不懂的人是我嗎？

漫山遍野的紫色山花在海風中輕輕搖擺，袁香兒一路攀上山頂，「小南、阿章，原來你們都在這裡，害我找了好久。」

她把自己做好的一大袋餅乾、蛋黃酥、牛軋糖等這個時代還沒出現的小零食，交給了孟章。

「侍女姐姐們說，今晚月亮升起後，龍門便會打開，我們就要回去了。」袁香兒是來和孟章告別的，「謝謝妳給了我那麼多好東西，雖然這些禮物不太對等，但也算是我的一點心意。」

這位朋友一夢六十年，不知道自己還有沒有緣分再見到它。

孟章打開袋子，聞到了一股令它欣喜的香味後，直接把腦袋鑽進去。它的腦袋從袋子裡抬起時，已經沾了一嘴角的餅乾屑，「好吃。」她說，「禮物的價值，當看收的人是否需要，對我而言，能讓我得到享受的事物，才是最有價值的東西。那些珠寶法器對我來說，反而沒什麼意義。」

袁香兒伸手將掛在它鬢邊的一枝紫花取下，「這是薰衣草吧？沒想到這裡種了這麼多，好漂亮啊。我很少在這個世間看見這種花呢。」

「衣什麼草？妳認識這種花？」孟章將那朵花接過來。

「嗯，薰衣草的香味能安神助眠，顏色也好看，在我的家鄉很受人喜歡，它有一個浪漫的花語——等待愛情。」

藍紫色的小小花瓣單獨看起來一點都不起眼，直至那些頎長的穗狀花序成片成片地連在一起，潛移默化地將含蓄的紫色占據整片山坡，視線才會不自覺地被它所懾。

孟章說了句毫無關聯的話，「他們有的喜歡財物，有的喜歡法器，有些痴迷功法祕要，我多多地饋贈，總能讓每個人在離去時心滿意足、高高興興。但有一個人什麼都不要，只想要我留一點血脈給他。他為什麼會想要兩個很難養育，又對他沒什麼作用的孩子呢？」

袁香兒立刻明白它口中的人，便是時家兄弟的父親時懷亭，這本來不應該是她過問的事，但她也很想為那位等待了一輩子，獨自孵化後代的男人問一句答案。

「阿章，我有一個好朋友，它曾經喜歡上一個人類的男子，兩人日日纏綿，歡喜無限，可是他們分開了五十年。五十年後，當它再次見到那個男子時，那人已經白髮蒼蒼，滿面溝壑，不再和它相配，它也就失去了對那人的喜愛。它當年喜歡上的，不過是年輕貌美的外表。」袁香兒說道，「時家兄弟的父親，去世時年事已高。」

她只是替那位死去的人問一句，心中免不了有些緊張，生怕那位苦等了幾十年的男子，只得到一個冰冷不屑的回答。

「我在小星盤裡看見他了，頭髮枯白，肌膚也失去了光澤，和年輕的時候完全不一樣。」孟章轉動著手指間的花朵，「可是不知道為什麼，我一看到他，依然是那麼喜歡，覺得他即便老了也很好看，甚至覺得親眼看著他每個時期變化的過程，是一件很有趣的事。」

「妳……不覺得遺憾嗎？」

「不會，後悔是弱者無能之時才說的話。」孟章站起身，拍了拍衣裙，「我是龍族，世間至強的生靈，我不想要遺憾，就沒有遺憾。」

它在土地上微微借力，裙襬飛揚，輕盈的身體飛向空中。

懸於藍天的太陽閃了一下，小小的身影已經沿著紫色的花海，鑽入洞府中去了。

袁香兒和南河互看了一眼。

「它這話是什麼意思？」袁香兒不太理解。

南河卻伸手將她拉過來，攬進懷裡，用力擁緊。

「我也一樣，不想要留下遺憾，想要擁有妳存在的永恆。」

這樣是不是過於貪心？

海上升起昏黃的月亮之時，銀輝色的龍門再次出現。

袁香兒等人坐上魚骨帆船，和在龍山上相處了數日的諸位告別。

揚帆起航的時候，孟章卻突然一提裙襬，跳上了魚骨小船，「我出去辦一點事，正好和你們一起走。」

侍女們大吃一驚，「這怎麼可以呢，青龍大人，您的分身不比本體，脆弱得很。在您本體沉睡的時候，應該好好待在安全的地方才對，怎麼能隨意拔足遠行呢？」

「這樣我們怎麼能放心？我們又不能離開這裡陪伴您。」

「是啊，是啊，萬萬不可。您到底有什麼非要現在辦的事？等六十年後醒來再去辦，不也是一樣的嗎？」

孟章哼了一聲，足下一點飛上天空，當先一人掠過海面，向龍門飛去。

它一甩衣袖，海風便鼓起魚骨小船的船帆，迎風破浪跟在它的身後駛來。

侍女們只好站在岸邊，衝著離岸起航的袁香兒喊道，「香兒姑娘，請妳多幫我們看著點主人，拜託了啊。」

它們或許也知道任性妄為的主人，是沒人能夠照顧得了的，卻又無可奈何，只得不放心地向著飛離龍島的身影大聲喊話，「一定要小心啊，主人，外面有許多厲害的大妖，別意氣用事，輕易和人家起衝突。」

「別吃得太多，小心飛不動掉下來。」

「要是遇到心儀的郎君，倒是可以帶回來，二人好好在家裡玩耍便是。」

飛行在空中的身影彩衣獵獵，頭也不回，留下一句「知道了」，便一頭栽進銀光閃閃的龍門，澈底出了小世界。

魚骨帆船向著那道銀色的拱門駛去，船身之下有著成群結隊游過的人魚。彩色的鱗石上，一團團金色的液體挪動著彼此相互吸引，靠近成團，那是天吳在自我修復。據說過不了幾日，金光閃閃的殺神便會恢復八頭八臂的模樣，重新從海底站起，牢牢鎮守龍門。

這一刻穿過龍門的心情，和來時完全不同。

旅途不再充滿危險和莫測，他們得到了想要的法寶和豐厚的饋贈，交到了有趣的朋友，渡過了幾日舒心的日子，時家兄弟也見到了母親的容貌，所有人都算是如願以償，滿載而歸。

出了龍門，回到龍骨灣的集市，多目和大頭魚人眼淚汪汪地和大家告別。

「我住在天狼山外的闕丘鎮，你們要是有來浮世，記得來找我玩。我會帶你們吃遍浮世的萬千美食。」袁香兒許諾。

多目咬著帕子，二三十隻眼睛齊齊流著眼淚，「一定會去的。」

烏圓拉著大頭魚人的手依依不捨，「我們山貓一族的家在翼望山，我將來會回來看望父親，魚哥可到我家做客。」

大頭魚人摸著腦袋，「呵呵，呵呵。」

它們魚族怎生去得山貓族的領地？

生活在那裡的生靈，並非全都像烏圓這樣的小奶貓。獅虎一般的巨貓大概會在它還沒找到烏圓時，就將它吃得連骨頭都不剩了。

孟章早已不耐煩地站在龍骨灣等他們。

「您……您真的要和我們一起走嗎？」時駿又高興又膽怯，小心湊過去詢問。

「有另一條路能更快到浮世，我順便帶你們走一段。」

孟章以少女的模樣和渡朔、南河一起飛行在空中。

「太好了，有阿章帶路，想必能快上不少。我們來的時候走了很久的路。」袁香兒突然想起一事，「說起來，還是因為我在天狼山下看見阿章飛過，以為那裡是離妳家最近的入口。」

「天狼山的山腳下住著我的朋友，回來的時候本來想去它家坐坐。它妻子做的米花糖和棗夾核桃不錯，我想著好好吃一頓再回去。」

都吃得那麼鼓了，還想再吃一點才肯回家嗎？

「那後來為什麼沒有進來？師娘今年做了好多米花糖和棗夾核桃，我也在家裡，都沒看見阿章呢。」

孟章難得面色微紅，「阿瑤那傢伙的氣味不見了。妳知道的，你們人間的道路從天空看下去，幾乎一模一樣。咳、是吧？找不到也很正常。」

原來是迷路了，若非如此，自己早就見到青龍了，肯定就少了這一趟奇妙的旅行。

晚霞漫天的時候，他們在避風處紮營休整。

時複主動承擔了晚餐的烹飪工作。他用天賦能力催生了青竹，砍下新鮮的竹節製作竹筒飯，又挖出了嫩嫩的竹筍，摘下才剛冒出草地的菌菇，燉了鮮美的竹筍菌菇湯，另外還烤了一隻蜜汁小乳豬。

這一路上，廚藝很好的時複時常幫忙準備伙食，但幾乎所有人都看出來了，今日的伙食分外不同，那位看起來一言不發的年輕男人，實際上比平時還要用心。

沒心沒肺的孟章從時複手上接過一罐又一罐的竹筒飯，就著香脆的烤豬、鮮美的菌菇湯，吃得滿嘴流油。

嗯？養孩子其實也沒什麼難的。原來他們會自己煮吃的，而且煮得這麼好。

「烏圓，你敢和我搶烤豬，看我直接把你吃了！」

然而烏圓和孟章搶了幾日的飯菜，已然不再害怕這隻威名赫赫的青龍了，依舊我行我素，誰先吃到就算誰的。

孟章只能加快速度搶烤肉，它不僅需要搶自己的那一份，還需要隨時幫時複和時駿夾菜，一時忙得不行。

侍女們說過，養孩子，就是管他們吃，管他們住，等長大以後，再從懸崖上推下去就行了。

果然養孩子還是有點累啊，這兩個小東西只會煮飯，卻不知道自己搶食，還要依靠我的幫忙才吃得到東西。

晚上，時駿四肢大開，踢了踢被子，睡得呼呼作響，孟章躺在他附近，幾乎擺著同樣的姿勢，睡得正香。

時複拿著毛毯幫弟弟蓋上後，又小心翼翼地在孟章身上蓋了一條，隨後坐在弟弟和母親的中間，叉著手抵住下巴，安靜地看著篝火。

「反而需要你來照顧母親，是不是有些辛苦？」還沒睡的袁香兒坐在篝火對面問他。

「父親晚年病得很重，我一邊照顧他，一邊帶著弟弟，那時候總覺得很苦很累。」時複看著眼前燃燒的火焰，眼眸中都是搖曳的火光，「直到父親離開後，看見空蕩蕩的臥床，我才突然發現，若是連照顧他的機會都沒了，心中會比從前更加苦澀。」

「所以能夠遇到你的母親，哪怕它……不太可靠，你也是高興的嗎？」

溫暖的火光打在時複年輕的臉上，明暗變化，他垂下眼睫，「父母的愛是很奢侈難得的東西，哪怕只有一點點，弟弟也會很高興的。」

不只是弟弟，你也覺得很高興吧？

父母的愛，對這世間大部分的孩子來說，都是輕而易舉，日日相伴的東西。

真希望阿章能加倍回應你們這份期待。

半夜時分，袁香兒在沉睡中被人搖醒。

她一下睜開眼睛，坐起身來，同她靠在一起睡的南河，也很快醒了過來，翻身坐起。

搖醒他們的是孟章，它做了個噤聲的動作。

孟章拿著一顆淺藍色的貝殼，放在營地的地面上。貝殼張開，吐出一層又一層像水波一樣的藍光，藍光漫過大地，罩上天空，把這一小塊區域都籠罩在一片藍光之下。

「這是蜃樓陣，法陣外的人看不見裡面的情形，也無法進來。裡面的人昏昏欲睡，除非有人破陣，否則不容易醒來。」孟章悄悄說，「我離開一下，請你們幫我看著他們，別讓他們醒來。」

「妳要去哪裡？」

孟章卻不想開口。

「這裡，是不是離酆都不遠？」南河突然說道，「妳要去鬼城，酆都幽冥，尋找時懷亭的魂魄，見他一面？」

一個男子搖搖晃晃地走在昏暗的大街上。他覺得自己大概是喝醉了，頭是暈的，腿是軟的，街上的景物也影影綽綽。

家在哪裡，路怎麼走，他都想不起來了，只覺得腦袋中渾渾噩噩。

但他的心裡並不慌，他的父親乃是總領一州之事的知州大人，在這個地界上，又有誰不知道他李成仁李二公子的名號，就算他爛醉在街頭，自然也有溜鬚拍馬之徒，會好好地將他送回家去。

話說，平時跟在自己身邊的那些狗腿子都跑去那裡了？怎麼沒人來攙扶一下？回去必定狠狠抽他們一頓鞭子。

對了，他們都叫啥名字？明明日日廝混在一起，怎麼突然連一個名字都想不起來？真的是醉得太厲害了。

身邊有個影子擦著他的身體過去，讓他莫名打了個冷顫。還沒反應過來，又被人撞了一下。

李成仁惱怒起來，這些刁民恁得大膽，竟敢撞他李二爺。

他伸手想要抓住前面那人的胳膊。那人閃身避開，轉過臉來，一雙淡而短的眉毛豎起，一臉怒色地看向他。

昏暗朦朧的街道上，人影都是混混沌沌的，偏偏只有這位驟然回首之人的樣貌格外明晰。

還是位小娘子，十六七歲的年紀，四肢和腰身有著獨屬於少女的青澀纖細，小臉白嫩得彷彿剛剝了殼的雞蛋，水靈的秋瞳似嗔還怒地瞪過來，瞪得李成仁半邊身子都麻了，酒也醒了大半。

「哪來的小娘子啊，從前都躲在哪兒，枉費我活了這麼些年，今日才瞧見真正的美人兒。」調戲這樣的美人幾乎成了他的本能，他嬉皮笑臉地伸出油膩膩的大手。

那小娘子橫眉豎目，正要回話，邊上一人卻伸過手拉住了它，「阿章，別搭理，不能耽擱，我們走。」那人說道，她也是一位女子，容貌隱在暗處，聲音分外溫和好聽。

李成仁還來不及細細打量來者的模樣，一隻如羊脂白玉般的手掌已經伸到他的眼前，那白嫩的手心托著一顆滴溜溜旋轉的玲瓏金球。

金球「叮」一聲發出輕響。

那聲音幽幽迴響，凝久不散，彷彿從最冷的冰泉下傳出的驚嘆。清越，淨化，冷透心扉，超脫世俗，將沉睡中的人從迷夢中驚醒。

李成仁打了個冷顫，腦子瞬間清醒了許多。

他想起來了。

今日在集市上，自己遇見了一位良家女子，雖是荊釵布裙，卻難掩身段窈窕、容顏秀麗，一眼就把他的魂魄勾過去。

跟著他的僕役幫閑都深知他這一口喜好，很快起鬨著將那位小娘子堵進無人的小巷。他一時色心漸起，狠狠抽了那個小娘子幾個耳刮子，把人打暈，正要不管不顧地強壓著那美貌婦人快活。

到底是發生了什麼？怎麼突然到了這個鬼地方？

李成仁覺得脖子有些不太對勁，伸手摸了摸，驚悚地發現那裡竟插著一支尖利的銀釵。

不！這一定不是真的！

那細長的釵子從脖子的一端穿入，憤怒的釵尖扎透了脖頸，從另一個方向血淋淋地鑽了出來。

溼漉漉的血液如泉湧一般，沿著他的脖子往下流。

李成仁心裡慌得不行，他想喊叫，張了張嘴，牙齒卻在「咯咯咯」地打顫。他伸出手想要求救，但身前那兩位女子早已甩手離去。

「救……救命……我不想死。」

「我……我是李二少爺啊……救我。」

然而平時前呼後擁的他，在這個地界似乎無人關注。李成仁哆哆嗦嗦地向前走，他拉住了一個路人，那人穿著一身整齊的綢緞衣服，面色青白且茫然地轉過來看他。

「哦，李二狗，你這個混球終於也來了啊，真是蒼天有眼。」那人冷冰冰地說。

此人他竟然認得，是一位住在他家附近的熟人，曾經總是低聲下氣地被他欺負。

可是他明明記得，此人已經死去多時了啊？

李成仁渾身發麻地鬆開手，這才驚覺他抓住的那人，身上穿著亡者才會穿的壽衣。而自己的身上，居然也穿著同樣的衣物。

李成仁涕淚直流，連滾帶爬地想拉住另外一人，那人轉過臉來看著他，眼球鼓起，舌頭伸出，脖子上有著一圈深深的黑褐色痕跡，形態蒼白可怖，毫無生機。

「不，不，不！我沒死，我不想死！我不想待在這個鬼地方！誰快來救救我！」

「錯了，我錯了，我再也不那樣了！拜託救救我！」

他聲嘶力竭的哭喊聲在昏暗混沌的酆都城內，傳不了多遠。

而孟章和袁香兒已經穿過無數鬼物遊魂，一路飛奔向前。

袁香兒的手心一直轉動著厭女贈與她的玲瓏金球，這枚玲瓏金球煉化了厭女的天賦能力，能夠穩固神魂，更可震懾、拘拿，驅離一切鬼物靈體。是像她這樣的生人進入鬼界的利器。

孟章急促的腳步戛然而止，它喘著氣，停下身來。

一個白髮蒼蒼的背影出現在它眼前。

那位瘦骨嶙峋的老者正拿著一柄鋤頭，微彎著腰，專注地反覆侍弄眼前一小塊空白的土地。

土地上明明什麼都沒有，他卻蹲下身，滿是皺紋的眼角笑了起來，用手指搓了搓地上的土。

「怎麼還沒開花呀，真希望能快一點開出紫色的花給阿章看看。」他目光呆滯，口中呢喃著自言自語。

在他的眼前，出現了一雙秀美的金縷靴。

老者抬起頭來，一位少女娉婷地站在他面前。

那少女的周身籠罩著一層淡淡的光輝，朝氣蓬勃，生機盎然，和這樣死氣沉沉的地方格格不入。

老者茫然的眼神從它身上掠過，伸手繼續拾掇地裡的泥土，「種了花，再種點蔬菜吧，阿複和阿時都喜歡吃。」他念念叨叨地侍弄著眼前的土地，完全沒有辨認出站立在他面前的人是誰。

孟章看著那似曾相識、卻又完全不同的面容。

那面容溝壑縱橫，老態龍鍾。

阿時曾經是一位多麼俊美溫和的郎君啊。

它那堅硬的心被時光的冷漠刺痛了。

如今阿時渾渾噩噩，已同自己陰陽兩隔，再也不能笑著抱起它，連自己是誰都已經認不出了。

金鈴的聲音在濃霧中響起，時懷亭的眼眸開始變得清明。

他彷彿做了一個冗長而渾噩的夢。夢醒時分，那位在他心裡住了一輩子的人，突然出現在他的面前。

「阿時，我來看你了。」

那人平靜地看著它，像是從前那樣同它打招呼。

手中的泥土掉落了一地，時懷亭的嘴唇抖了抖，猛然扭頭轉過身去，背對著孟章。

「你這是怎麼了？阿時，轉過來，讓我好好看看你。」孟章不解地問。

「不……我已經老了，」脊背佝僂的老者傳來低啞的聲音，「我太老了，阿章，我不想讓妳看見我這副模樣。」

阿章喜歡什麼樣的郎君，沒有人比時懷亭更清楚了。

他是家族中血統相對純正的人類，自從成年之後，家族裡的人就一直逼著他，希望他能成為某位大妖的寵物，好給家族帶來源源不絕的財物和賞賜。

那一日，心情抑鬱的時懷亭從赤石鎮溜了出來，鑽進枝條雪白的白篙林中。

我寧可窮一點，也絕不願意成為妖魔的寵物，更不願像鎮上的那些人一樣，放棄尊嚴，討好妖魔為生。那些人甚至還帶回混雜妖魔血脈的後代，導致我們人族的血脈越來越稀薄。年輕的時懷亭穿行在樹林間，心裡默默地想著。

就在這時，熠熠生輝的白篙枝條間垂下了一張清麗的面容，「哎呀，好漂亮的小郎君。我喜歡你，要不要跟我回家？」

後來，他們在一起的那些日子裡，阿章對他說過最多的話，就是誇他漂亮。

阿時，你好漂亮。

阿時，你真美，無論哪一個地方都很美。

不要擋著，讓我看看，我好喜歡呢。

阿章喜歡的是自己俊美的容貌和年輕的身體，時懷亭很清楚地知道這一點。

但是又能怎麼辦呢？即便知道對方只是沒心沒肺的妖魔，自己依舊無可奈何地陷落了。

一切都是自己心甘情願的，不是嗎？

他悄悄地蜷縮起滿是皺紋的手指，蒼老低啞的聲音傳出來，「阿章，妳能在最後來看我一眼，我真的很開心。」他說到後來，聲音有些不穩，閉上雙眼，「請……別看如今的我，我希望能把自己最好的樣子，留在妳的記憶裡。離開吧，阿章。」

身邊一片寂靜，時懷亭睜開眼睛。那在夢裡夢到過千百回的面孔，正明晃晃地站在它的身前。

「你現在的樣子，我也很喜歡。」孟章細細看著他的模樣，笑盈盈地說，「你知道的，我從不屑說謊。阿時你怎麼這麼厲害，連老了都一樣好看。」

「皺紋也好看，白頭髮也別有韻味，我都好喜歡。」

「別擋著，讓我好好看看。」

它想要伸手摸他的面容，可惜卻摸了空，手從虛無間穿過，也意味著二人之間隔著生死，陰陽兩端。

時懷停低下頭來，孟章踮起腳尖，他們的雙唇相互觸碰到了一起。

雖然沒有實質的接觸，但彼此都清晰地感覺到，唇瓣上傳過一陣觸電的酥麻感，那強烈的感覺遍布四肢百骸，直燙得心尖發麻。

兩滴清澈的淚水，從時懷亭的眼角滑落，六十年的無望等待全濃縮在這小小的水滴中，那無形的眼淚穿透過孟章的身軀，落在了塵土中。

孟章的手指一下攥緊了。

南河昨天和它說那幾句話的時候，它覺得死板無謂，不能理解。

這一刻，那聲音再次在耳邊響起——

「妳會按捺不住地想要他，不顧一切，只想和他在一起。」

「但凡彼此相擁，便是天下最快樂的事。」

是的，它想要阿時。它明白了自己的心意。

它是龍，是世間最強大的生靈之一，只要是它想要的東西，沒有什麼是得不到的。

它有很多辦法可以實現。可以把阿時的魂魄收在袁香兒的玲瓏球中，將他帶回去，給他煉製一具身體，把他製作成像天吳那樣的傀儡，讓他永生永世陪著自己，成為對自己唯命是從的僕從。

隨時隨地地享用他的身軀，撩撥他的神魂，永遠都有無盡的快樂。

眼前的阿時正抬起頭看著它，對它露出了淡淡的笑。

那種笑容既溫和又平靜，恍然間宛如時光不曾流逝，依舊和他年輕的時候一樣。

「阿章，謝謝妳。我的心已經不再有任何遺憾，我覺得我似乎就要走了，唯願妳一生快樂。」他說著這樣的話，準備接受即將到來的永別。

他等了我一輩子，只要我開口，他必定會願意成為我的傀儡，願意放棄轉世，永遠待在我的身邊吧？

孟章想起了居住在海底的天吳。

這個世間其實沒有真正的永恆，即便是龍，也會有結束生命的一天。母親已經離去萬餘年，但天吳依舊被留在人世間，孤獨而寂寞地品味永恆，或許死亡對它來說，才是一件奢侈的事。

雖然這樣能讓自己得到快樂，但他也會永遠失去自由，失去投胎轉世的機會，甚至連靈魂的記憶，都會在無盡的歲月中漸漸消弭。

不不不，沒什麼好考慮的，為什麼不做呢？讓自己快樂並沒有什麼不對啊。

時懷亭的聲音輕輕傳來，「若妳願意的話，請妳去看看那兩個孩子。我沒有盡到父親的責任，對他們很是愧疚。」

他的身影逐漸變淡，星星點點的亮光從他的身軀中溢出，向著天際飛去。

「阿章，要不要先留他一留？否則他很快就要走了。」袁香兒提醒孟章。

孟章死死看著眼前即將消散的人，掌心傳來一陣刺痛，緊攥拳頭的手指甚至劃破了掌心。

它的雙唇張了張，始終沒有說出話來。

時懷亭的聲音開始變得虛無，「他們都是很可愛的孩子，是我們的孩子，時複的眉毛像妳，時駿的嘴巴也像妳。」

「阿章，我一直不好意思開口，我也喜歡妳。」

「喜歡妳的每一個地方。」

孟章始終沒有開口，那些話語在心田反覆炙烤，任憑那些滾燙將稚嫩的心田，燒灼得傷痕累累。

它始終保持沉默。

魂魄星星點點的光輝繞著孟章轉了一圈，依依不捨地升上天空，向著人間飛去。

「好的，我知道了。」孟章輕輕地說。

死氣沉沉的酆都城內突然傳出騷動，坐在高聳城牆上的南河站起了身。

舉目眺望，無數的鬼物如潮水一般向著城中某處匯聚，更遠的幽冥深處，蒼白而巨大的幽魂，搖搖晃晃地從黑暗中露出身形，向著城中走來。

這是有生靈入城，才會引發的混亂。

兩道身影如同流星一般向著它衝過來，巨大化的玲瓏金球始終追隨在他們身後，鈴聲震懾著後方層層疊疊、令人頭皮發麻的惡鬼。

南河化為天狼，載上袁香兒和孟章，四足發力向天空飛去。

腳下成群的鬼物追了許久，終於慢慢散去。

「成功了嗎？」南河問。

「見到人了，可是……」袁香兒看了身後的孟章一眼。

「昨日是我說錯了。」孟章轉頭看著身後的酆都鬼府，旖旎的長髮在風中飛舞，「我知道我錯了，即便是最強的人，也有免不了的遺憾。」

在那幽冥鬼城，一縷細細的光輝正悠悠升上天際。

我比他更堅強，為了他，我選擇讓自己承受遺憾。

失去了可愛的人，終於知道何謂情愛。

即便身為世間至強，也終有品嘗到悔恨的時刻。

曾經不知愛恨為何物，一生悠悠歲月無痕。

或許此刻的心中之痛所帶來的意義，才是在世間存活過的真諦所在。

第二咒〈塗山〉

第四章　終身

時複在睡夢中感覺到，有人正在伸手摸他的腦袋。

他睜開眼睛，看見自己的父親時懷亭出現在身前。

「爹？」時複撐起身，從地上坐起，心中有些驚疑不定，明明看見父親是一件很高興的事，卻又隱隱覺得有重要的事情，被自己遺忘了。

父親看起來氣色很好，不像往常那般病體纏綿、神思鬱結，帶著一臉溫和的笑容看向他。

「小複，爹沒能照顧好你們。對不起，這麼久以來，一直辛苦我們小複了。」

「不，不辛苦，只要阿爹你一直這樣好好的，我怎麼樣都不辛苦的。」時複心中高興，阿爹的病是什麼時候好的？變得這樣健康而硬朗了。」

他的父親沒有說話，只是在星星點點的光輝中對著他笑。

「對了阿爹，我和小駿見到娘了。」時複想起一件要緊的事，急忙說道，「它就在這裡，我帶你去見它。」

「是的，爹已經見到它了。爹這一生再無所求，只希望你和小駿能夠好好的。」

父親的身影開始變得淺淡，他的聲音彷彿從很遠的地方傳來，「爹這就走了，你們要好好的，平平安安地過日子。」

「不，等等，阿爹，我還有很多話……」時複伸手撲上前，想要拉住父親，但那道身影卻在他的手中散開，化為點點星輝消失於指縫間。

時複從睡夢中醒來，發現自己淚流滿面。

原來是夢啊，為何如此真實呢？

弟弟時駿幾乎同時驚醒，不停呼喊著：「阿爹，阿爹，你別走！」

兄弟倆相互凝望。

「哥，我剛剛夢見父親了。」時駿看著他說，「爹看起來好像很開心，他還笑了，叫我們要好好的。這種感覺好真實，就像阿爹真的來過了一樣。」

營地的篝火還在燃燒，但周圍的其他人早就醒了。早餐在燉鍋裡咕嚕咕嚕地響著，渡朔站在高枝上警戒，南河已經拾來新的柴禾，孟章正彎腰拿起地上一個漂亮的貝殼。

所有人似乎都醒了很久，只有他們兄弟倆睡得香甜。

時駿從胡青手中接過一碗剛煮好的八寶粥，顛顛地端到孟章的身邊。孟章伸手接過來，咕嚕咕嚕地喝了起來。

「嗯……那個，我……」時駿搓著手指，手心出汗。

該怎麼稱呼它呢，是不是該叫它娘親了？

「什麼事？」孟章面無表情地停下手邊的動作，抬起頭來看他。

「不不不，沒什麼。」

母親還是和從前一樣，對他們兄弟倆疏離又冷淡，這讓一心想要親近的時駿有些沮喪。

幸運的是，之前只說順道陪他們走一段路，如今孟章似乎忘記自己說過的話，一路伴隨著他們走了很遠，一直走到臨近浮世的位置，也不曾離開。

「這裡是塗山的地界。那隻公狐狸驕縱、殘暴，性格惡劣且十分討厭，我和它素來不和，你們也少和它接觸。」孟章說道。

袁香兒見過塗山兩次，每一次都是血淋淋的殺戮場面，這讓她印象深刻。可是，它明明是一位漂亮的小女孩啊？

「那位塗山是狐族嗎？還是雄性？」袁香兒問。

孟章：「九尾狐，和胡青一樣。別看它外表嬌小，實際可是上了年紀的老頭，在我出生之前，就已經是領一方土地的妖王了。它有個變態的愛好，就是喜歡穿女裝，假扮成女孩子。」

雌雄莫辨的俊美少年，使一柄細長太刀，第一次見到它時，它率領氣勢洶洶的手下大將歸來，當街殺死了一個自己領地的妖魔。

第二次見面是在叢林之中，小小的身影突然出現，一刀砍下了小山一般大小的妖魔頭顱。它踩在那紅色的鬼頭上，居高臨下地喊袁香兒等人出來領死。

確實是一位嗜血殘酷的妖王。

有時候人類的語言似乎帶著一種召喚能力，說什麼就來什麼。

地面上捲起一陣腥風，天空的黑雲中降下一隊妖魔。當先的小妖和鬼頭開道，居中簇擁著一位撐著紅傘的「美貌女童」，身後跟著成群結隊的巨大山精和精悍的妖獸。

一時間妖雲滾滾，陰風陣陣，濃厚的血腥味鋪天蓋地，沿著大路走動的妖魔鬼物紛紛避讓。

從袁香兒等人身邊穿過之時，那撐著紅傘的少年突然停下身形，倒退幾步轉過臉來。

「嗯？又是你們幾個？」它歪著腦袋，似有所疑，上下打量袁香兒等人，「這次，人員好像有些不一樣呢。」

紅色的竹傘下，毫無預警地現出一雙金色而狹長的眼睛。

世間的一切在那眼眸中緩緩睜開，驟然失去色彩，唯見那紅傘紅豔如血，妖異金瞳擴張，掃射出一片金光。

避無可避的金光掃在身上，令所有人毛骨悚然，身軀被迫做出了本能反應。

南河和渡朔都現出了戰鬥時的型態，胡青則化為九條尾巴的狐狸，烏圓變成了一隻炸了毛的小山貓。就連時複和時駿的身後，都現出了半截龍尾，額頭上還冒出小小的龍角。

在場沒有任何變化的，就只有袁香兒和孟章，袁香兒本體就是人類，孟章乃是身外化身。

「呵呵呵，果然有意外之喜。」塗山那獨屬於少年的清澈冷笑聲響起，「讓我看看今天有什麼好事，竟然被我遇到了龍族的血脈。」

它的笑聲還在前方響著，身形卻憑空消失，瞬間出現在時複和時駿的中間。

塗山一手攬住一人的肩膀，眼中金芒閃閃，「龍血可是好東西，雖然這兩個只是混血，也算不錯了。跟我走吧。」

時複心裡湧起一股本能的恐懼，他想要反抗，身體卻做不出任何反應。那壓在肩頭的手掌明明十分纖細，卻如同鐵鉗一樣，幾乎要掐碎他肩膀的骨頭。

塗山提上兩人就要走，一雙白嫩的手掌卻攜颶風切入。

「放肆，誰准你帶走他們！」

來人一聲喝斥，五指化爪抓向塗山的手腕。

塗山瞳孔驟縮，野獸的本能讓它感到來者不容小覷，它反轉手腕，穩穩架住抓來的五指，卻也就此失去了對時家兄弟的控制。

這驚心動魄的幾般交手，不過發生在短短的一瞬間。塗山和孟章已然過了數招，南河、渡朔同塗山帶來的那些妖魔打了起來。

戰場內掀起颶風濃煙，時家兄弟被孟章從煙塵中一把推出。時複護著弟弟在土地中穩住身形，兩人才剛要站起身來，一個小小的貝殼出現在兄弟倆眼前，在空中變大，張開蚌殼，將二人罩在其中，藍色的水紋出現，那水色晃了晃，形成龍族以堅固著稱的蜃樓護陣。

孟章在和敵人交手，卻把他們推了出來，護在法陣中。

「妳是什麼人，敢攔我想要的東西！」塗山停下戰鬥，看著它的獵物被強大的法陣護住，心生不滿。

在它眼前的少女只是冷哼一聲，身後的地面上瞬間出現巍峨的龍影。

「蜃樓陣，龍影？妳是……青龍？」塗山皺起雙眉，但它隨即又笑了，「不對！不過是化身而已。」

「呵呵，哈哈哈！」它忍不住開懷大笑，「青龍啊青龍，妳固然是上古大妖，但我塗山也不輸於妳。就憑區區一個化身，也敢到我面前放肆，今日便讓妳嘗嘗自取其辱的滋味。」

大家都見過胡青化為本體的樣子，毛茸茸的一隻小狐狸，九條長長的尾巴在空中招搖，十分可愛。但眼前這位萬年妖王化形的時候，就稱不上可愛了。

山嶽一般大小的赤紅狐狸，伴隨著如雷的響動，出現在天地間。九條尾巴如盤蛇凌空，魔蟲亂舞，金色的雙瞳居高臨下地俯視大地，口中噴出了冰冷氣息，使整片山頭的草木結上冰花。

在它的頭頂，血紅色的竹傘張開，成了一片暗紅色的光牆。光牆圈住的空間是屬於它的結界，裡面的人出不去，外面的人也進不來。

袁香兒等人被攔在結界之外，看著紅色結界裡的孟章對上山嶽一般的上古魔獸，十分著急。

「把那兩隻龍崽交給吾，吾放汝之化身離去。」低沉的嗓音從魔獸口中發出。

「想得倒美，就算我只是化身，也足以剝了你這紅毛畜生的皮！」

法陣內濃煙滾滾，電閃雷鳴，狂風暴雪，長蛇一般的狐狸尾巴，在濃霧中翻騰。

「怎麼辦？娘親的情況不太妙，哥哥，我們得去幫它。」

蜃樓陣內的時駿急得團團轉，四處摸索出口。淺藍色的護陣光芒柔和，卻異常堅固，無論如何都摸不到任何出去的辦法。

他的兄長站在他身邊，有些呆滯地看著半空中的戰場。

時複幾乎是在鬥獸場長大的孩子，為了換取生活的物資，為了守護家人，他曾無數次面對著恐怖的妖獸。

如今在眼前殊死搏鬥的人，是為了守護著他和弟弟。

從小心心念念期待著來自母親的守護，突然以一種不可思議的形式實現了。

濃煙稍散，戰場之內，塗山的利爪已經抓住孟章小小的身軀，將它舉到空中，「解開蜃樓陣！」猙獰的九尾狐說道。

「呸！我偏不給你解，你永遠都別想解開我龍族的蜃樓陣！」渾身是血的少女眼中沒有半分怯弱。

「那便勒死妳，妳休要怪我。」

鋒利的獸爪勒緊，掐進孟章的手臂，孟章露出痛苦的神色，紅色的鮮血沿著那尖銳巨大的指甲流淌下來。

「住手！放開我母親。」

「住手！放開阿章。」

時家兄弟拚命拍打著蜃樓陣。

南河甩開敵人，開始衝撞紅傘下紅光閃爍的結界。

袁香兒心急如焚，手結法陣，祭銀符，同樣全力衝擊塗山鋪設的結界。

結界中洋洋得意的九尾狐，卻突然露出詫異的神情。它尖叫一聲，鬆開了手，猛地將孟章甩到地上。

它手臂上的肌膚，但凡沾染過孟章紅色血液的地方，開始冒起了白色的濃煙，正迅速而恐怖地腐蝕糜爛下去，傳出一股刺鼻的惡臭。

「我族的天賦能力是鍛造。這具化身是我親手煉製的法器，你便是想要損壞，也要付出代價。」孟章扶住自己受傷的手臂站起身來。它的身上全是血，眼裡卻是得意的笑，「我要讓你知道，龍族之威不可犯！」

它的一條胳膊被九尾狐刺穿，已經徹底動不了了。赤紅的血液順著手臂往下滴落，腐蝕性極強的血液滴落在地面，地上的草木便迅速枯萎糜爛，失去了生機。

塗山齜著牙齒，一臉痛苦地看著自己的手臂。它化為人形，拔出長刀，毫不猶豫地將自己手臂上的腐肉剃去。有些位置腐蝕甚深，被連皮帶肉地徹底削去，只留下白骨。

與此同時，紅傘所設的結界也被袁香兒的銀符所破。

結界內濃煙漸歇，現出在其中的是人形的塗山和孟章，兩人各自扶住自己受了重傷的手臂，彼此怒目相視。

狂傲的少年面目扭曲，垂著手臂，鮮血淋漓，白骨森森，十分猙獰恐怖。半身染血的孟章得意而笑，絲毫不以嚴峻的傷勢為意。

塗山一跺腳，回到追隨它的手下中間。

「去，將這些人狠狠教訓一頓。」它對身後那些體積巨大的山精下達指令。

在剛剛的戰鬥中，跟隨它的魔獸、妖物被打倒剿滅了不少，但這些塊頭巨大的山精，卻不知為何呆頭呆腦地站著，毫無動作。

塗山雖然受了傷，但它隊伍的戰鬥力依舊強大，特別是防禦力和攻擊力都十分強大的山精，幾乎是所有魔物的剋星，它以此南征北戰，剿滅過無數強大的敵人。

黑壓壓的山精們騷動起來，南河、渡朔和袁香兒全都嚴陣以待。沒想到那些山精卻嘟嘟囔囔地開口，「不，我們不去。」

「你們說什麼？」塗山難以置信地轉過頭，「你們竟敢違抗我的命令？」

「塗山大人，非是我們不遵循您的命令。」一隻岩石構成的巨大山精從隊伍中走出來，「我們山精一族，是共享受記憶的種族。我族曾有人對那個人類發過誓言，凡我族人，絕不主動對她動手。所以，真是抱歉，不能服從您的命令了。」

塗山一時惱怒，數千年了，它憑藉強大的戰鬥力，不論在人類還是其他妖王面前，幾乎沒有吃過虧，想不到今日竟然莫名在這裡栽了跟頭。

袁香兒手持符籙，正準備大戰一場，聽到這裡也是一臉茫然，不知山精幫著自己是什麼緣故。

『它是和厭女戰鬥時遇到的山精，阿香，妳不記得了嗎？』烏圓的聲音在腦海中響起。

之前和厭女交手時，厭女身邊有一隻小小的山精，當時自己一時心軟，放它離去。那烏溜溜的小山精便對自己發誓，從今以後，全族絕不與袁香兒為敵。

袁香兒只當它隨口一說，過後便忘，想不到它們全族的山精真的都遵守了這個約定。

塗山怒氣沖沖地看著戰場。

那隻銀白的天狼已經咬死不少跟隨它的魔獸，向它撲來。神色冰冷的蓑羽鶴懸身空中，頻發出強大的空間術法，同那隻天狼一起戰鬥。

凶狼當道，厲鶴凌空，還有那個人類，她竟然擁有多種克制自己的雷符，更別說身邊還有一隻青龍的身外化身。而自己因為一時大意，失了一隻手臂。

塗山產生了退縮之意。

「不過就是一點血脈，今日便罷了。」它含恨地看了孟章一眼，捲起一陣妖風，攜著手下的妖魔飛天離開。

「沒事吧？」袁香兒扶住孟章。

孟章呲牙裂嘴，「能沒事嗎？妳看我傷得這麼重。」

時駿立刻從蜃樓陣裡面跑出來，一路飛奔向它。

「不許過來！」孟章吼他。

跑到半路的時駿聽見這句話，有些委屈地停住腳步，眼淚都出來了。

孟章被那可憐兮兮的眼神看得受不了，只得改口，「我的血液有毒，會傷到你。我沒事，這只是我的化身，回去花點時間修復一下就行。」

雖然只是化身，卻還是會疼、會難受，需得耗費不少精力才能修復，但孟章沒有說出口，彷彿這真的只是隨便修修就能修好的法寶而已。

「真的沒事嗎？可是您看起來好像很疼。」時駿的眼淚在眼眶中打轉。

疼的是我，又不是他，有啥好哭的。孟章心裡嘀咕，幼崽就是愛哭，這一點太過麻煩。不過算了，好像也不是那麼討厭。

「我送你們到這裡，這就回去了。」孟章和大家告別，它指了指血肉模糊的手臂，「再不回去修復，我這具身體可就沒手了。」

在它起身欲飛的時候，時複突然叫住了它。

孟章轉過臉來。

「嗯……」從不畏懼在鬥獸場上生死搏鬥的少年，難得地臉紅了，「母……母親，請您多保重。我們有空會再回龍骨灣看您。」

幼崽這種生物，麻煩歸麻煩，終究還是挺可愛的。有空的時候，我也出來看看他們吧。

孟章突然想起侍女們說過養育孩子的話。

給飯吃，給窩睡。

它拉住袁香兒，「阿香，到了浮世後，妳替我給他們買個宅院。」說完便將手伸進懷中，似乎是想取出什麼東西。

袁香兒攔住它，「一點小事，包在我身上就好。我雖然不像妳一樣富有，但幾棟宅院還是買得起的，哪怕妳想要買一棟都沒問題。」

「真的不要嗎？」孟章不把手拿出來了。

「是什麼？」袁香兒又眼饞了。

「我但凡煉製法器都成雙成對，妳有沒有想過，水靈珠為什麼只有一個呢？」

「阿章，妳是說？」

孟章從懷裡取出一枚深藍色的琉璃珠：「水靈珠，分為雌雄二珠。此乃雌珠，持雌珠者可窺雄珠周圍景象。」

袁香兒這下高興了，水靈珠是她打算交給妙道、用來換取渡朔的自由之物。若是有了兩顆，自己留一顆，把另一顆給妙道後，還能偷偷看他都在做些什麼。

雖然只要能換回渡朔的自由，不管那個變態要做出什麼事情，自己也不太關心。不過，誰讓妙道總用白玉盤偷窺自己呢，能夠報復一下也是好的。

袁香兒突然想到不對勁之處，「那妳當初留著另一顆珠子是想幹什麼？妳……沒有這麼猥瑣吧？」

孟章伸手掐她一把，輕哼一聲，「休要囉嗦，本來也打算在這個時候交給妳。」

它蹬足躍於天際，飛身離去。

裡世的這一趟旅程，路途遙遠，一來一回耗費了足足半年的時間。

離開時還是冰雪初溶的早春，回來時已是生機勃勃的盛夏。

半年沒有回家，隨著身邊的景物越來越熟悉，袁香兒思鄉的情緒也濃烈了起來，恨不得下一步就飛進家門。

出了天狼山，遠遠就看見山腳下那座熟悉的庭院。水磨磚牆的清涼小院從綠竹中，露出那親切的模樣。大門外，從錦羽那裡得到消息的師娘，已經早早站在那裡等待。

雲娘牽著三郎，三郎牽著錦羽，錦羽邊上還蹲著看家的大黑狗，齊齊伸著脖子向山裡張望。

袁香兒過去不太能體會「家」的含義，她出差在外，不論多少天，都不會帶給她情緒上的激動。對她來說，酒店的床和家裡的床似乎沒什麼區別。

她從南河背上下來，一路飛奔向雲娘，只覺得心臟雀躍得幾乎要蹦出胸腔。那發自內心，填滿胸腔的快樂告訴她，家的真正意義不在於屋子和床榻，而是守在家中等待著她的人。

袁香兒跑得飛快，險些一頭撞進雲娘的懷中。想起自己如今已經成年，不好再像小時候那般撒嬌，堪堪在雲娘身前停住腳步，喘著氣大聲喊話：「師娘，我回來啦！」

雲娘嗔她一眼，卻又拉住她的手，把她一把攬進懷裡。柔軟細膩的手掌撫摸著袁香兒跑亂的頭髮，「多大的人了，還這樣子。」

袁香兒厚著臉皮將自己降回孩童時代，攬著雲娘的腰，著實撒了一會兒嬌，才開始給雲娘和大家介紹新朋友。

「這是時複和時駿，他們以後會長住在我們鎮上。」

時複有些緊張，他面上帶著刀疤，看起來有些凶狠，生怕給雲娘留下不好的印象，規規矩矩地行了個莊重的古禮。

時駿行了禮後，躲回哥哥身後，扯著哥哥的衣服探出腦袋來。

「好漂亮的孩子啊，歡迎來到闕丘鎮，瞧我，高興得都忘記了，快進屋子歇歇吧。」雲娘笑盈盈地摸了一下時駿的臉蛋，隨後招呼大家進屋。

時駿捂著被摸過的臉頰，看著雲娘的背影：「阿香的師娘好溫柔啊，和娘親一樣溫柔。」

其實孟章遠遠談不上「溫柔」二字。

初次見到孟章的時候，年紀幼小的時駿是大失所望的，心心念念的母親和想像中完全不同，一點都不像父親說得那樣漂亮、親切又溫柔。

但他現在能得意地挺起胸膛，覺得自己的母親既溫柔又強大，甚至為了保護自己和哥哥，和塗山那樣的大妖拚命。

夜晚，在飽餐一頓並安置好大家後，袁香兒單獨帶著南河來到雲娘的臥房。

「香兒，小南，有什麼事嗎？」坐在燈下的雲娘轉過臉來。

袁香兒有些侷促，她推了南河一把，「南河，給師娘倒杯茶吧。」

南河不明白為什麼，卻還是從桌上的茶具裡倒了一杯茶水，雙手端在雲娘面前。

「我可不能隨便喝這杯茶，好歹要說清楚。」雲娘看著南河直笑，「小南，你大概不知道，我們這裡只有娶媳婦的時候，新娘才會給長輩奉茶。」

南河的眼睛一下睜大了，它轉頭偷看袁香兒，腦袋上冒出了一雙粉色的耳朵，但那捧著茶杯的手卻堅定地紋絲不動。

袁香兒摸摸鼻子，話都說到這份上了，即便不好意思，也只能硬著頭皮上了。

她也倒了一杯茶水，恭敬地在雲娘的腳邊跪下。南河有樣學樣，撩起衣襟跪在她身邊。

「我在這個世界上，最親的人就是師傅和師娘了，所以終歸要把這件事告訴師娘。」袁香兒面飛紅霞，說話的聲音卻十分堅定。

雲娘扶著她的手，看著自己一手帶大的女孩，想起她剛來到這裡的時候，還只有那麼一點高，如今已經能獨自東奔西走，拿定自己的終身大事了。

但雲娘還是決定把自己的想法告訴她，「香兒，人妖之間有堅固的種族天塹，師娘也走過這條路，比別人難得多，妳真的想好了嗎？」

袁香兒抬起頭來，語氣中沒有絲毫猶豫：「嗯，我想好了。我喜歡南河，想這輩子都和它在一起。」

南河正在看她，此刻的阿香面孔紅豔豔的，眼中瀲灩有光，發覺自己在看她，就悄悄轉過眸子來，瞥了它一眼。

這一眼，南河覺得自己能記一輩子。

此刻，它真的想把一切都捧給阿香，想為她做任何她想做的事。

雲娘看向南河說，「小南，你是妖族，你要冷靜地想想，要知道你們現在一起固然開心，可是將來，你還有漫長的生命要渡過，香兒卻不能陪著你那麼久。到了那時候，你或許會感到後悔。」

「不論將來如何，千年萬年，但有今日終不悔。」南河穩穩地捧起熱氣騰騰的茶杯。

這會兒換成袁香兒偷偷看它。小南腦袋上的耳朵低垂，眼神卻異常清澈且堅定。

在這段感情中，南河一直帶著一點患得患失的不安。今日袁香兒終於明白，那份不安的根源來自於這裡。

生命短暫本來應該是人類的悲哀，可是對於相愛的伴侶來說，被獨自留下的一方才更加可憐吧。

雲娘見袁香兒和南河都這麼說，便接過兩人的茶，各自喝了一口，終於露出了笑容。

「既然你們決定在一起了，我們就好好地辦一場喜事，請街坊鄰居來熱鬧熱鬧。」她宣布。

「師娘，我目前還不想辦這個，至少在師傅沒回來之前都不想辦。」袁香兒說，「我想要您和師傅齊齊整整地坐在高堂上受禮才行。」

雲娘聽得這話，呆愣了半天，終究別過臉去，「妳這孩子。」

從師娘的屋子裡出來時，袁香兒仍難掩心中興奮。終於過明路啦，她步履輕快，連腳尖都帶著雀躍，恨不得高歌一曲。

走過簷廊的時候，南河一借力，揉身上了屋頂，又伸下手來拉她。

袁香兒上了屋頂，坐在它的身邊，「為什麼要爬上來？」

「今晚能看見天狼星。」南河凝望著她，眸光微微晃動，傾身向她靠過來。

它身後是藏也藏不住的尾巴，頭頂是越發明亮的天狼星。

「所以呢？難道你也想……唔。」

袁香兒話還沒說完，就被吻住了雙唇。

南河的吻總是那樣滾燙而洶湧，它似乎永遠都覺得不夠，想要汲取更多，想讓時間停留在這一刻。

袁香兒伸手摟住它的脖頸，和自己心愛的人擁吻在天狼星的見證之下。

第二日一早，袁香兒將從裡世帶回來的梧桐樹枝條埋進土裡。

她記得梧桐樹的樹靈喜歡熱鬧，於是將它種在院子外面，靠近街道的地方。

這裡是進出天狼山的入口，日日有砍柴的樵夫，打獵的獵人，放牛的孩童進出，熱鬧又不過於喧嘩。

梧桐樹的枝條插入地裡，立刻抽枝發芽，轉眼間就變成了一株小小樹苗，最頂端的兩片葉芽張開，從中蹦出一個背生雙翼的樹靈。小小的女孩在伸展胳膊後睜開雙眼。

「啊，終於到了。這裡就是浮世啊！」它小小的拳頭抵在嘴邊，興奮地拍動翅膀，到處亂飛，「沒錯了，好多人類啊，真是熱鬧。謝謝妳，阿香。我叫阿桐，妳叫我阿桐好嗎？」

「別客氣，阿桐，希望妳喜歡這裡。」袁香兒提著水壺，給剛種下的小樹苗澆水，「剛來的時候別亂跑，有什麼需要的話，就到院子裡叫我，知道了嗎？」

「知道，知道，別讓這裡的人類看見，別隨便嚇唬人類。我都知道的，嘻嘻。」樹靈用一雙小手握住了袁香兒的手。

袁香兒從懷中取出那顆白篙果實，果實堅硬透明，完全地晶體化，並不像能夠孕育出生命的物質，「妳說，如果我把它種下去的話，能長出樹苗嗎？」

雖然這顆果實具有療癒一切傷口的功效，但她進入過那位白篙少年的情感世界，心中對那位單純且愛著人類的樹靈有一點不忍。

「試試看，我會幫助妳的。」阿桐說道。

白篙從小就生活在人類的庭院中，袁香兒便在院子裡找了一塊陽光充足的土地，把那枚晶瑩剔透的果實埋了下去。

她在那片土地上細細繪製了聚靈陣，擺下靈石，澆了一點水。阿桐繞著那片土地飛舞，伸手灑下一片綠瑩瑩的亮光。

但袁香兒蹲在地上等了很久，那片土地始終沒有半點動靜。

阿桐飛累了，停在袁香兒的肩膀上，「無論我如何呼喚，都沒有任何回應呢，過幾天再來看看吧。」

「嗯，那就等幾日看看。」

過了四五日，在袁香兒幾乎已經對那塊土地不抱希望的時候，那鬆鬆的黑褐色泥土裡，終於冒出了小小的嫩芽。

不是銀白色，而是常見的翠綠色，嫩嫩的小芽顫巍巍地在聚靈陣裡抖了抖，像是伸展四肢一般，在空中張開綠葉，抽出枝條，很快長成半人高的小樹苗。

袁香兒突然想起，在當時進入那份記憶的世界中，看見白篙樹苗第一次被種進院子裡，不就是這般高度嗎？

樹頂上浮起了一個透明的氣泡，那氣泡內蜷縮著一個幼小的男童。

還沒有兒童手指高度的小男孩伸展身體，掙破氣泡，蕩著雙腳坐在枝頭。

「妳是誰？是妳把我種在這裡的嗎？」它抬頭看向袁香兒，一臉茫然單純，用稚嫩的聲音開口說話。

「我叫袁香兒，你可以叫我阿香。以後這裡就是你家了。」

「原來這就是家嗎？我很喜歡。」小小的男孩笑了，「阿香，我有名字嗎？」

「你的名字叫白篙。」

盛夏時節，葉綠陰濃，鳴蟬相和。

庭院向陽的角落裡，半人高的白篙樹苗在陽光中挺直了身軀，精神抖擻。一個小小的樹靈坐在嫩綠的葉片上，正好奇地四處張望。

它才剛誕生到這個世界上，這裡的一切對它來說都十分新奇。

在它的附近有一間放置柴草的小屋，屋頂上盤膝坐著一位銀髮及腰的男子。那人察覺到它的打量，睜開狹長的雙眼看向它。

「你是妖魔嗎？還是人類？」小白篙樹靈一臉稚氣地問。

「那是南河前輩，要有禮貌，要打招呼。」阿桐拍動著翅膀來到它身邊說道。

「南河前輩。」小白篙乖乖地行禮打招呼。

南河抬起手臂，低頭回了一禮。

這位前輩不但看起來強大，而且還很溫柔呢。小白篙心想。

身邊的阿桐姐姐是梧桐樹的樹靈，是和它同一天被種在這裡的姐姐。雖然它只比自己早發芽幾日，但似乎什麼都懂，也特別喜歡照顧他人，時時翻過院牆來找它玩耍聊天。

「小白，你要快快長大，我才能領著你出去玩啊，外面有好多人類。」阿桐姐姐圍著它說個不停。

「人類很有趣的，他們會織出漂亮的布條裹在身上。喜歡唱歌和跳舞，還會把漂亮的煙火放到天上去。」

白篙的眼睛亮晶晶的，聽得十分專注，這個院子裡溫馨熱鬧的氣氛，讓它隱隱有些熟悉，似乎有過什麼人，也像這樣小白、小白地喚過它。但它卻想不起來，自己是什麼時候有過類似的經歷。

「這裡似乎很少像我們這樣的同伴了，大家都留在了裡世。」阿桐在小白篙的身邊坐下，低垂下眼睫去看自己的腳趾，「大概只有我這麼喜歡人類，還特意麻煩阿香把我帶出來吧。」

「不，不只有阿桐，我也喜歡人類。」白篙急忙說道。

「真的嗎？」

「真的，雖然我不太記得了，但我確定我很喜歡人類。我喜歡阿香、雲娘，還有在外面跑來跑去的那些孩子。當然，我也喜歡阿桐和大家。」

碧綠的枝頭在明媚的陽光下搖擺不停。

「師娘，我出去一會兒。」袁香兒的聲音從屋內傳來，她很快跑出來，坐在簷廊上換鞋襪。

「妳要去哪兒？」

「去時家兄弟那兒，看看他們在新家住得慣不慣。」

雲娘提了個食盒出來，「把這個帶去給那兩個孩子，替我向他們問聲好。」

袁香兒先從盒裡摸了一塊剛出爐的玫瑰火餅，才笑嘻嘻地提著食盒向外走。

她在院子裡把迎過來的錦羽抱起來，放進隨身的背袋裡，隨後接上烏圓，再和坐在屋頂上的南河揮揮手，最後和梧桐樹上的渡朔打了聲招呼，方才開了院門出去。

「南河，渡朔，阿青，阿桐，小白，我出去啦。」她歡快的聲音留在了院子裡。

雲娘站在簷廊上目送她離開，沾著麵粉的手在圍裙上擦了擦。

院子似乎越來越熱鬧了呢。

阿瑤，香兒她做得很好，就和你當初一模一樣。

時家兄弟的新住處是袁香兒幫忙置辦的。

一棟三進的小宅院，外表看起來並不顯眼，內裡卻布置得舒適考究，極盡奢華。而這座小院的後花園連著的池塘，也被袁香兒一併買下來了。

周德運、婁太夫人，乃至邊關的仇將軍，都托人給袁香兒送來豐厚的謝儀。加上家裡庫房中還有師傅留下來的財物，讓袁香兒時常有一種錢多到無處花的感覺。

難得這一次為朋友出力，想著孟章的性格喜好，袁香兒便敞開來花銷。在不過於惹人注目的情況下，幾乎把人間能買到最好的器具，都給兩兄弟配齊了。

羅漢床金銷帳，錦被雕裘，四季羅衫，玉碗金盆，奇花異石都填滿了整個宅子。

「阿香，這未免太超過了，我們怎麼好意思。」兄弟倆第一次來到這裡的時候這樣說著。

他們從前的家不過三兩間茅房，時複甚至不得不在鬥獸場拚命，以勉強維持生計。

「不用謝我，這可都是你們母親出的錢，認真算起來，我還占了不知道多少便宜。」袁香兒笑盈盈地說，「快進去看看，若缺了什麼，儘管跟我說。」

時駿看著兄長，拉了拉他的衣物，眼睛都是亮著的，「是娘親給的呢，哥哥。」

時複握住他的手，牽著他進屋去了。

我們的母親，既溫柔又漂亮，強大無敵，還十分富有，甚至請阿香幫我們準備這樣舒適的屋子。

第五章　談判

這一回袁香兒來探望的時候，卻喊了許久的門，時駿這才拖著溼答答的身子前來應門。

從龍骨灣回來之後，時家兄弟點亮了自己血脈天賦中的游泳技能，袁香兒給他們準備的這片水潭，幾乎是時駿每天的快樂源泉。

「又去泡水了？你哥哥呢？」袁香兒在前廳的椅子上入座。

屋內雖然沒有其他外人，卻被打掃得乾乾淨淨，庭院裡甚至種上了花草，還開了一小畦菜地，顯然這兩兄弟很是珍惜，也習慣了這裡的生活。

烏圓從袁香兒的肩上跳下來，領著錦羽在院子裡四處溜達。它和時駿走了一路，十分嫺熟，已經來過這裡好幾次了，而錦羽是第一次來。

六七歲的時駿懂事地端來茶水和點心，「阿香，你們先吃點心，哥哥不在家裡，出門找活計了。」

「出門找活計？」袁香兒有些意外，「為什麼要找活計，我留下來的銀錢不夠用嗎？不夠的話可以和我說啊。」

「不是這樣的，阿香給的銀錢珠寶，都好好地收在庫房裡呢。」時駿連連擺手，「哥哥說了，這裡真的很好。要想盡快適應這裡，就要多和人接觸。還要學會立身的技能，不能坐吃山空。所以他日日都早早出門，至晚方歸。」

「哥哥還說，要給我請一位夫子，教我讀這裡的書，認這裡的字。」時駿苦著臉，拉拉袁香兒的袖子，「阿香，妳能不能幫我和哥哥說，晚一些再請夫子，且讓我多快活幾日？」

袁香兒拿掉他的手，「這我可不幫你，難得你哥哥有這樣的想法，聽他的準沒錯。」

時駿垂下臉，唉聲嘆氣了半晌，很快又把還沒到來的苦惱丟在腦後，帶著烏圓和錦羽下池塘去玩。

「水裡有什麼好玩的，我們不喜歡搞得渾身溼答答。」烏圓連連搖頭，錦羽連連擺手。

「可是池塘底下有小銀魚，還有這麼大的龍蝦和螃蟹。還能摘到甜甜的蓮子……」

「別說了，別說了，去去去。」三個孩子歡快地下水摸魚去了，倒把袁香兒撇在一旁。

袁香兒便自己到集市上逛逛，看能不能遇到在那裡工作的時複，兄弟倆一個能吃苦，有毅力，識大局。另一個聰明精靈，通曉人情世故。縱使突然來到不一樣的世界，大概也能順利地適應這裡的生活。

袁香兒很替他們高興。

夏季的日頭很大，集市上行走的人並不多，卻在東街的永濟堂門外，看見裡三層外三層的人群。

永濟堂本是韓睿大夫家的藥鋪。韓大夫一生懸壺濟世，醫者仁心，曾使永濟堂的招牌遠近馳名。可惜自打韓氏夫婦意外離世後，這家藥鋪被歹人侵占，所售的藥劑以次充好，唯利是圖，漸漸砸了招牌，最近聽說已經經營不下去了。

到底又發生了何事，擠了這麼多人在圍觀？袁香兒好奇地分開人群，擠進去一看。

永濟堂的門外站著一位白衣少年，正是在山中消失了一年的韓佑之。十歲出頭的年紀，此刻的他已經不似去年那般骨瘦嶙峋，形容憔悴。靈山幽居一載，被飑膗養成了一位玉樹臨風、氣度不凡的翩翩美少年。

一胖一瘦的兩位老闆娘和她們的丈夫，正氣急敗壞地堵在藥鋪門口。

肥胖的朱氏撚著帕子，指著韓佑之破口大罵，那唾沫星子幾乎要噴到韓佑之臉上，「剋死爹娘性命的掃把星，你還有臉回來？當年好吃好喝地養著你，不知感恩便罷了，還一聲不吭地跑了！枉費你嬸嬸我出錢出力，給你們家料理後事，不知敗了我多少銀錢，這都還沒和你算呢，你還好意思一回來就和長輩清算家產？」

雖然她氣勢洶洶，其實是心虛的，這一年來也不知道走了什麼霉運，家裡接連破財，好不容易從韓家搜刮來的一點財物，早就耗光了，如今不過只剩這個鋪面和屋舍值點錢。若是韓佑之回來了，這些死物左右挪不走，等於都是這個孩子的了，她自然是絕對不肯的。

韓佑之面對肥碩凶狠的女人，年幼的脊背挺得筆直，他看著祖父當年親手書寫的招牌，一字一句，句句鏗鏘，「本來俗塵中的是非，我打算算了。但你們頂著祖父和父親留下的招牌售賣假藥，謀害人命之事，我便萬萬不能容忍。」

人群頓時譁然。

「賣假藥啊。」

「難怪我在他家拿了藥，吃了數月都不見起效呢。」

「真的這樣喪盡天良嗎？」

「韓小公子是韓大夫的兒子，若非真事，他怎麼可能會說這些話，壞自己家的招牌？」

又瘦又黑的姜氏推開丈夫站了出來，揮手做出欲打的姿勢，「沒良心的小崽子，白白養了你那些日子，竟敢這樣忤逆尊長！」

幾個被他們拉攏過的韓氏族人，雖然也指指點點地幫忙說話，其實都知道公道在何處。但誰叫韓佑之只是個無依無靠的少年呢，便是欺負了又能怎麼樣？

袁香兒從人群中擠進來的時候，她在人群中四處張望，果然很快就在一個不起眼的角落裡，看見了虺螣的身影，此刻她合著手，咬著帕子，露出一臉老母親擔心幼崽的模樣。

袁香兒擠到它身邊，拍了拍它的肩膀，把過於專注的它嚇了一大跳。

「阿香？妳怎麼來了？」

「我剛好路過啊。韓佑之表現得不錯嘛，我看他氣場強得很，妳在緊張什麼？」

「我，我這不是怕佑之受欺負嗎……」虺螣拉住袁香兒的手，「阿香，我好緊張。」

「妳怕什麼？」袁香兒笑道，「看熱鬧就好了，便是有事也有我們在，幾個凡人而已，還不夠妳一巴掌掀的。」

此刻，一張小臉突然從虺螣的身旁探出，原來是小狐狸胡三郎，「阿螣姐姐，阿香姐姐，妳們不用擔心。沒事的，人間的這種事不用動手，費一些金銀打通關係就好，妳們且看著。」

袁香兒對胡三郎的世故圓熟感到十分吃驚，好奇道：「你用錢打通了什麼關係？」

它的話音還未落下，一隊從縣城裡來的衙役分開人群，大鎖鏈一套，就要將姜朱二人及其丈夫帶走。

「幾位官老爺，我們這是犯了什麼事？」

「官差大老爺，拿不得，我們可都是良民啊。」

剛才還耀武揚威的幾人迅速膽怯了，涕淚直流地跪地哀求。

「良民個屁，現有苦主在知縣大人面前舉發你家售賣假藥，誤人性命。人證物證具在公堂，都跟我去公堂之上和大人分辯去吧。」

在場圍觀的百姓聽了這話，更是一片譁然。對本來就印象不好的兩對夫婦指指點點，一些本來幫著他們說話的韓氏族人，也頓時閉嘴了。不敢再說韓佑之年紀小，不適合管家產的話。

幾位公差抓人十分麻利，卻一反常態地對韓佑之極為和善，不僅替他搜出店鋪的鑰匙文契，還笑盈盈地和他打招呼，一副關係嫺熟的模樣。

胡三郎道，「看吧，人間就是這樣，只要提早堆錢打點一下就行。能用錢解決的事，都不算是難事。」

虺螣摸了摸胸口，鬆了口氣，「只要給金銀就可以了嗎？那真是太好了，能不用打起來最好，這樣才不會影響到小佑。」

由於韓佑之看起來還需要和官差交接很久，袁香兒便先告辭回家。

飖牗抱起年幼的胡三郎，跟著她一路往回走。

「這次多虧了三郎，想不到那些黃白之物這樣有用。這些東西不能吃，不能喝，還沒有靈氣，真不知道為什麼會被人類看重，家裡倒是多得很。」飖牗邊走邊感慨。

袁香兒不在家的這段時間，它時常過來看望雲娘，一來二去，和留在家裡的胡三郎、錦羽都十分熟稔。

袁香兒也表揚胡三郎：「想不到三郎這般能幹。」

三郎在人間生活了十年，已經比自己更熟悉人類社會的規則了。

不愧是狐狸精，天賦能力就是交際。

胡三郎被兩人表揚得有些不好意思，「阿香，妳不在的這段時間，飖牗姐時常來家裡看望我們呢，每次都給我們帶好吃的，這點小忙不算什麼啦。」

袁香兒對此事還有些不解：「話說，阿牗，妳為什麼帶韓佑之回來？妳是打算讓他留在人間生活嗎？」

飖牗顰著秀氣的眉頭，撅起紅唇，「我其實很捨不得，小佑真的很好，他又體貼又乖巧，做飯好吃，還會打掃衛生，我想留他一輩子的。」

袁香兒：「那是為了什麼？」

「靈界裡只有妖魔，如果他住在那裡的話，永遠都只有我一個朋友，實在是太孤單了。而且他總要長大，還要娶妻生子……我要怎麼在靈界幫他找一個妻子？而且他那麼喜歡讀書，住在靈界的話，也沒人可以陪他讀書。我想，他還是適合生活在屬於他的世界裡，我不應該把他強留在我身邊。」

虺螣突然想起曾經交往過的李生，李生喜歡讀書，說要謀取仕途，而自己只喜歡玩樂，不適應人間。兩人因此不歡而散。

袁香兒：「妳問過他的意願了嗎？又或者妳可以跟他一起搬來闕丘鎮？」

「我問了，他說想回到這裡，拿回父母留給他的家業。」虺螣心情低落，十分沮喪，「我覺得他可能還需要考取功名，繼承家業，娶妻生子什麼的，總之都是我不懂的世界，我知道我不受人類歡迎，不適合留在這裡。但這也不必和他說了，等到他安頓好後，我自然會悄悄離開。」它搖著袁香兒的手，哭喪著臉，「阿香，為了這種事，我已經偷偷哭了好幾次了。我怕告別的時候會哭得停不下來，那就太丟臉了。」

袁香兒：「養了這麼久，又放他離開，不覺得寂寞嗎？」

虺螣嘆了又嘆：「阿香，我發現如果真心喜歡上一個人，是會把他的喜好擺在自己之前的。我養了佑之這麼久，他在我心裡，就和自己的孩子一樣。我首先當然是希望他過得快樂、幸福，自己的心意反倒變得其次了。」

袁香兒摟住它的肩，「去我家玩幾天再回去吧。就叫妳別養人類了，平白讓自己傷心了吧。」

三人正往家裡的方向走去，不料身後卻傳來一道喊聲：「虺𧖴，妳給我站著！」

韓佑之出現在路口，跑得上氣不接下氣，一手撐著膝蓋，一手指著虺𧖴，半晌才繼續開口：「虺𧖴姐，妳要去哪裡？」

剛才口若懸河的虺𧖴，這會兒卻慌了，「沒……沒去哪裡。」

韓佑之皺起眉頭，看著它抱在懷裡的小狐狸，「虺𧖴姐，妳因為有了這隻狐狸精，就打算不要我了，是嗎？」

「不是。」虺𧖴一下把小狐狸塞進袁香兒的懷中，「這不是我的狐狸精，是阿香的。」

袁香兒替朋友背鍋，只好摸著鼻子認了，把小狐狸模樣的三郎接過來抱在手中，「沒錯，這是我家的狐狸，和虺𧖴姐一點關係都沒有。」

她抱著三郎退後幾步，留給二人單獨說話的空間。還不忘摸摸三郎的腦袋安慰它，「我們三郎長得太可愛了，大家都怕被你撬了自家的牆角。」

三郎果然高興地笑了，「嘿嘿嘿，我長大以後，還會更漂亮的。」

因為這次去裡世花了半年的時間，袁香兒在回來後，便時常帶著當初留下來看家的錦羽和三郎出門玩耍，彌補一下聚少離多的虧欠。可即便如此，摸著狐狸毛髮的袁香兒卻還是莫名覺得心虛。

她總是忍不住四處張望，生怕南河的面孔會突然出現在某個街角。

這一刻，袁香兒突然有點理解那些三妻四妾的渣男的苦惱。

另一邊，韓佑之正紅著眼眶對飀䑋控訴：「就算姐姐不要我了，也不該這樣一聲不響地將我丟下。哪怕只把我當作寵物養，都不帶這樣狠心的。」

「不是不是，你怎麼會這樣想？」飀䑋慣常拿韓佑之的眼淚沒轍，急急忙忙地解釋，「我怎麼可能不要你，我必定會再來看小佑的。」

韓佑之停下抹淚的手，抬起紅紅的眼眶，「妳這一回去，我是不是就和婁婆婆一樣，再也找不到進山的路了？只要妳不出來見我，我永遠都無法找到飀䑋姐。」

飀䑋瞠目結舌，它離厭女的住處很近，曾帶著韓佑之去做過幾次客，偶然間聽婁太夫人提起他們的往事，想不到小佑牢牢記在心中了。

難怪這麼快就能發現它離開，原來是心中早有擔心，時時都留意著自己的動態。

飀䑋嘆了口氣，在韓佑之身前蹲下，「小佑，我以前獨自在人世間生活過，知道作為異類活在一個陌生的世界，是一件孤獨難受的事情。身邊的人都和自己不一樣，沒有人會把你當作同類，也沒辦法跟任何人分享自己的喜好和娛樂。」

它溫柔地擦去少年臉上的淚水，「我就是因為太喜歡小佑，才不忍心讓你也體驗這樣的生活。你看，當時我說陪你回到人世間的時候，你不是也發自內心地感到高興嗎？我永遠都記得你當時的神情，我只希望你天天都能那麼開心。」

「如果沒有了颮膸姐，這樣的快樂我寧可不要。」少年垂下眼睫，拉住了颮膸的衣袖，「我們回去吧，姐姐。我什麼都不要了，家業和祖宅，書籍和財物，我統統都不要了。我跟妳走，一起回山裡去。」

斜陽橘紅的光芒染在年代悠久的古巷中。

深深的巷子裡，小小少年和他身前的妖魔低聲說了許久的話，這才牽著手來到袁香兒面前。

「阿香，我們說好了。」颮膸為自己的反覆不定感到不好意思，又覺得十分高興，「小佑他還是跟我一起，我陪他把這裡的事情處理完，就回靈界了。」

袁香兒：「妳真的想好了？」

袁香兒其實更希望韓佑之就此留在浮世，畢竟她不想再一次看到颮膸受傷害。

「嗯，想好了。不論將來如何，我都認了便是。」看起來粗枝大葉的颮膸認真地說，它其實什麼都懂。

袁香兒便留他們在自己家中歇腳，好歹要等韓佑之順利接手被侵占的祖產後，再行離開。

回去的路上，韓佑之悄悄拉住胡三郎和它道歉，「三郎，你幾番相助，我才得以順利奪回祖產，我心裡非常感謝你。剛剛不過是玩笑之言，望君勿怪。」

胡三郎的人類化身比他還小一些，和他肩並肩行走，「沒事，沒事。嘿嘿嘿，我又不是颱膿的狐狸精，我是阿香的狐狸精。」

韓佑之盯著它說：「你敢在那位南河面前說這話嗎？」

胡三郎捂住他的嘴，四處張望一番，狠狠恐嚇道，「別胡說，仔細南哥聽見了，那我就真的要賴在你姐姐家住啦。」

晚餐的時候，因為颱膿來家裡做客，雲娘備了酒菜，胡青彈起琵琶，胡三郎和歌伴舞，烏圓和錦羽在院子裡跑來跑去，白篙和小桐也來湊熱鬧。

眾人投箸擊鐘，美酒閒談，陶然共樂，且歌且舞。

南河醉倒了，颱膿多喝了幾杯，已經露出了長長的尾巴，把整個身體盤在簷廊的柱子上，正滿面紅霞地和胡青說著醉話。

「嘻嘻，妳看小南又喝醉了，阿香要玳瑁筵中懷裡醉，芙蓉帳裡奈君何了。」

「乾脆把妳的渡朔大人也灌醉吧？我告訴妳，不論是人是妖，喝醉了就是兩個樣子。」

席間，袁香兒找了個機會在韓佑之身邊坐下，「你真的打算放棄人世的身分，和虺䲢永遠住在山裡？」

韓佑之看著熱鬧的庭院，「第一次看見虺䲢姐的時候，山裡正下著大雪。那天他們一整日沒給我吃東西，還讓我背一大捆柴禾。我又冷又餓，腳下無力，不慎從山崖上滾了下去……」

掉下山崖後，韓佑之摔斷了手臂。等醒來的時候，天早就黑了，大雪封山的時節，無論他怎麼呼喊，回答他的只有呼嘯的北風。他的身體凍得打顫，肚子也餓得發慌，隨後漸漸失去知覺，韓佑之躺在雪地裡，看著不斷飄下雪花的天空，覺得自己就快要死了。

隨便來個人救救我吧。

他不想死。他的心中充滿怨懟和憎恨，不想讓那些折磨自己的卑鄙小人如願。他想要活著，活著從那些人手中搶回父母留給自己的東西。

上天似乎聽見了他的請求，雪地裡突然傳來窸窸窣窣的聲響，一隻巨大的蟒蛇正在蜿蜒爬行。

很快，韓佑之看見出現在他視線中的面孔。那甚至是一隻比蟒蛇還要恐怖的物種，它有著蛇的尾巴和人類的身軀，更為驚悚的是，在那蒼白的面孔上，竟齊齊睜著六隻眼睛。

難道自己不是被凍死，卻是被妖魔吃掉嗎？韓佑之閉上了雙眼。

「當時，是尫臟姐把我抱回去的，我靠在它的懷裡，這才發現妖魔的體溫竟然比很多人類還熱。」韓佑之小小的面孔上，有著歷經世事的成熟，「我那時候就在想，這隻魔物既厲害又單純，好哄得很，我一定要把它哄好，好利用它為我報仇。」

袁香兒聽到這裡，挑了一下眉毛。她在第一次見到韓佑之的時候，是不太喜歡他的，總感覺這個男孩子過於聰明，舉動中帶著幾分刻意，偏偏又把尫臟拿捏得死死的。

韓佑之有些茫然地看向袁香兒，「香兒姐，妳見過我的父親吧？父親他真的是個很好的人，一生懸壺濟世，惠澤眾生。我一直希望弄死那些霸占我家業的惡人，埋頭苦讀，重振家業，成為像父親一樣的人，迎回永濟堂多年聲譽。」

「那不是很容易的事嗎？以你和尫臟的交情，只要你開口，它必定好好地為你辦了，為何要拖延至今呢？」

「是的，看起來似乎很容易。尫臟姐比我想像得還要單純。我不過是做做家務，煮煮飯菜，它就覺得我十分乖巧懂事。只要我哭，它就慌成一團，圍著我打轉。只要我說餓、說冷，它就千方百計為我蓋屋子，想方設法為我找來好吃的。」

「我本來早就可以回到人間，」少年的眼眸中寫滿連他自己都不能理解的落寞，「可是不知道為什麼，我一直沒有說出口，一拖再拖。直到那麼遲鈍的姐姐都反應過來我想念家鄉，想要回到人群中，它才主動提出了幫我回家的計畫。可是……」

袁香兒：「那現在呢？你真的打算放棄你家祖傳的醫術、藥鋪和房子，以及在人世間的身分了嗎？」

「香兒姐，我今天下午看見惡人受到懲處，拿回了祖屋地契，本來覺得志得意滿，十分開心。我以為這就是我一直以來，唯一想完成的事情。」韓佑之轉過臉看向袁香兒，「但當我看見飐騰姐悄悄地跟著妳離開後，我突然想明白了。一個家到底是不是家，看的不是屋子，而在於住在屋裡的人。爹娘都不在了，而這個世界唯一對我好的，並不是人類，仇恨對我而言，不再是最重要的事情，如今我只想陪伴對我好的人，像從前一樣安安穩穩地過日子。」

袁香兒拍了拍他的肩膀，「過你想過的日子吧，這也是你父親對你唯一的期許。」

時光便在如此和緩溫暖的氣氛中緩緩流逝。

飐騰卻始終住在袁香兒的家中，停留在浮世沒有回去，「不急的，我想等小佑把手續都辦好。」

「還是等小佑把他喜歡的書都收拾了。」

「等到那兩家人的罪名定下再走好了。」

「亂七八糟的藥鋪還需要整整。」

它找了諸多明顯的藉口。

小佑想要陪著阿朧在它適應的裡世生活，而颮朧同樣想在小佑喜歡的浮世多待一些時日。

彼此都以對方的喜樂為優先，體貼地為對方著想。

儘管袁香兒想要多拖一些時日，但不受歡迎的客人還是到來了。

妙道的徒弟雲玄帶著他的使徒雪客找了過來。

袁香兒只好招呼他在院子裡落座，「你怎麼知道我回來了？」

「道友固然用術法遮擋了白玉盤，但妳不要忘了，師尊身為國師。」雲玄面有得色，「他老人家，想要知道這一小小村鎮上的消息，自然多得是辦法，無非也就慢個幾日罷了。」

袁香兒不以為意地輕哼一聲。

「這麼說，道友妳真的順利進入龍門，拿到水靈珠了？」對水靈珠的急切之心，使雲玄忽略了袁香兒的怠慢，「妳是怎麼通過天吳……」

他話說到一半，一隻粉妝玉砌的小樹精緩緩爬上桌來，把白嫩嫩的小手舉到袁香兒面前，「阿香，我手指頭破了，好痛！」

袁香兒扶著它的手給它吹氣，「怎麼這麼不小心啊。」

她還特意念誦了兩遍癒合咒，撕了一條帕子給它包上。小樹精這才當著雲玄的面，慢悠悠地溜下桌子。

袁香兒：「啊，抱歉，你剛才說什麼？」

「我說天吳……」

一隻穿著衣服的雞突然跑過來，手裡還端著一碟子的杏仁酥。

「謝謝你啊，錦羽，幫師娘端點心過來嗎？」

那隻長脖子雞點了點頭，袁香兒便從盤子裡拿了一塊杏仁酥先遞給它。

那隻雞還不肯走，伸出小手指掰了一會兒。

「還要分給烏圓和三郎嗎？」袁香兒又在它的小手掌上擺了兩塊。

錦羽這才端著三塊小餅乾，歡快地跑走了。

雲玄被接連打斷，幾乎忘記本來要說的事情，「妳對使徒也太好了吧？它們只是妖魔，非我族類，其心必異，強必盜寇，弱而卑伏，應盡誅之，萬不可縱。」

「它們有血有肉，會說話，有思想，有善有惡，和我們人類又有什麼不同呢？」袁香兒將手裡的點心擺上桌面，給雲玄倒了一杯茶水，也給他身後的雪客倒了一杯。

「啊，我……給我的嗎？」那位身材窈窕的姑娘露出意外之色。

袁香兒還把點心遞給它。

雪客看著那香噴噴的杏仁酥顯然心動了，漂亮靈動的眼睛悄悄瞥著自己的主人。

「行吧，行吧。」雲玄不耐煩地揮揮手。

雪客欣喜地眨了眨眼，高高興興地和袁香兒行了個禮，端著它的茶水和點心坐到一旁去了。之前幾次交手，被南河一把摔在地上的仇恨，它顯然已經完全不記得了。

雲玄心裡莫名煩躁。他覺得每次在袁香兒和她的使徒面前，自己總會被帶亂節奏，失了分寸。

「我說妳這個人！妳真的能把這些模樣怪異的妖魔，當作妳的朋友嗎？」

袁香兒看著他，「我聽說，你們殺了很多妖魔。」

她輕輕摸著掛在脖頸上的吊墜，慢悠悠地說話：「我的家鄉，是一個平靜又安逸的小村子，村裡有許多無害的小妖魔，同人類混居而生，它們比人類更早生活在那裡。我和它們從小一起玩耍長大，不曾見過它們肆意傷害人類。」

「但你們進了那個村子，不問緣由，不計善惡，不論老幼，將那些大小妖精一網打盡，當場格殺，甚至剝了皮毛吊在村口。」

「那又怎麼樣？斬妖除魔，乃是我輩己任！」雲玄凝起劍眉，挺直身板。

袁香兒的咬肌動了動，她把化為小男孩的胡三郎招來，抱在腿上，指著道：「這樣一個孩子，你真的忍心殺死它，剝下皮來，掛在馬上，宣揚你們是為了正義嗎？」

雲玄吶吶張嘴，「它……」

眼前的小小少年，紅著眼睛從袁香兒的懷裡轉過頭來看他，有著和人類一模一樣的眼神，會和人類一樣哭泣求饒。

雲玄不是沒有殺害過這樣的年幼妖魔。曾有一隻紅眼珠、垂著長耳朵的小女孩倒在他的馬前，苦苦哀求。那時，他的屠刀也曾猶豫過。那女妖的肌膚如白雪，一雙眼睛似紅寶石一般閃爍生輝，過於類人的神色楚楚可憐，就像一個幼小的人類女童，讓他怎麼樣都下不了手。

此刻一道神雷從天而降，將那道行低微的兔子精活活劈死。

「雲玄。」師傅高坐法陣之上，眼束符文，身披法袍，降下神雷，莊嚴肅穆，「非我族類，其心必異，強必盜寇，弱而卑伏，應盡誅之，萬不可縱。」

當時師傅的呵斥讓他嚇了一跳。他不敢違抗命令，只能茫然地舉起屠刀，和師兄們一道衝入殺陣。

人在群體中的時候，很容易失去自我意識。

當大家都舉著刀衝向前，那殺戮的行為就變得是為了維護正義。當大家都說著同樣的話責罵一方，那句話似乎就成了真理。

雲玄頭一次質疑師傅說過的話。

袁香兒繼續說：「這位姑娘是你的使徒，想必跟在你身邊很多年了吧？它也是妖魔，如果有一日，你師傅當著你的面，將它按在地上殺死，剝皮抽筋，你難道也毫無感覺，覺得非我族人皆可殺嗎？」

「胡說！放肆！師傅怎麼可能殺了雪客。」雲玄一拍桌子站起來，把端著點心的雪客嚇了一跳。

不可能，別人不可能會動雪客，師傅他老人家也不會……

但是，師傅真的不會嗎？

雲玄有些動搖了。師傅對任何妖魔都深惡痛絕，只要有必要，他絕對可以對任何一隻妖魔痛下殺手，毫不留情。

看來，以後要少讓雪客出現在師傅面前。

「少胡說八道，妄圖挑撥我們師徒情誼。」雲玄冷靜下來，坐回座位，「我來這裡是想問妳水靈珠的消息。」

「水靈珠我自然是拿到了，但我不能隨便交出去，除非國師親自來拿。」袁香兒說。

雲玄差點又要拍桌，他感到有些奇怪，不知自己今日為何控制不住情緒。眼前這個小女子未免太過放肆，師尊何等身分？她尋得水靈珠，不求恭恭敬敬地送到京都，竟然還大言不慚地想讓師尊親自前來。

「不來就算了，我跑了大半年的路，好歹要休息個把月，你回去告訴前輩，等我休息夠了，自然去京都看他。」袁香兒笑嘻嘻地說，手指貌似無意地輕輕摩挲鎖骨上的那枚吊墜。

這隻狐狸形的南紅吊墜，是胡青送給她的法器，具有九尾狐族的天賦能力，能夠影響對方的情緒。

袁香兒平時用得少，卻發現它是個談判的利器，它可以在不動用到多少靈力的時候，潛移默化地影響或是放大對方的某種情緒。既難以被發現，又能使對方變得更加情緒化。

比如在剛剛的對話中，她只要悄悄動用法器，就可增加他的愧疚和懷疑的情緒，使他不自覺地亂了章法，洩露出更多自己想知道的資訊。

她當然不可能到妙道的老巢和他交易，更不可能讓雲玄把水靈珠直接帶走。

她要在這裡做好準備，等著妙道親自上門。所以不論雲玄怎麼生氣，她都不會隨著他去京城。

雪客放下手中的點心，有些擔心地看著暴怒邊緣的主人。眼前的這位小娘子雖然看起來年幼又溫柔，但雪客卻隱隱覺得她比自己的主人還要厲害。而自己也遠遠不是她的使徒的對手，畢竟曾經敗給那隻天狼過，而院子內似乎還存在著幾位厲害的使徒。

院子裡有一棵高聳入雲的梧桐樹，樹頂上還站著一位白衣黑髮的使徒。雪客知道這個人，那是國師大人的使徒渡朔。但此刻的它只是冷淡地看著這裡，一點都沒有要下來幫忙的意思。

雖然雲玄看起來處在暴怒邊緣，卻逐漸恢復理智，怒氣沖沖地摔門離去了。

雪客急忙行了一禮，跟了出去。它在關上門之前，悄悄地看了樹頂的身影一眼，渡朔似乎沒有要跟他們回去的打算。

這個院子雖然不大，卻讓人十分舒適。換作是它，也願意在這裡多留幾日，不願回到那位恐怖的國師大人身邊。

可是它們已經被人類所擒，早就失去了自由之身，貪戀這一時的溫暖又有什麼意義呢？雪客想不明白。

雲玄走後，袁香兒開始為妙道的到來做準備。她把烏圓、錦羽和三郎幾個小傢伙寄放在時家的院子裡。又勸說雲娘去兩河鎮遊玩幾日，那裡正好有個祭城隍的廟會，十分熱鬧。

袁香兒加固了庭院原有的法陣後，又忙著在四周繪製各類強大的法陣。雖然這些法陣不能完全阻止妙道，但有所準備，總比身在敵人的地盤來得好多了。

自此袁香兒開始研究各種陣圖，幾乎到了廢寢忘食的地步。

這天，她一手拿著陣圖，另一手卻摸到了一個毛茸茸的腦袋。

袁香兒愣了愣，她是想要去拿符筆，但坐在身邊的南河以為自己要摸它，便主動把腦袋湊過來了。

袁香兒只好停下手邊動作，順勢揉了揉南河可愛的耳朵。擼毛這種事最是容易讓人分心，一旦上手便很難停下。她左摸右摸，很快就和半妖化的南河嬉鬧著滾到了一起。

「快起來，我這活還沒幹完呢。」袁香兒說。

南河把她按在地面上，禁錮在手臂中，低頭看她，『除非妳先親我一下。』

雖然什麼都做過了，但它還是不好意思說出這種話，只能勾動契約傳遞過來。

「可以啊，你先躺平，讓我親哪裡都行。」比起說葷話，初嘗人事的小南遠遠不是袁香兒的對手。

果然，強勢不到半刻的南河瞬間紅了耳朵，鬆開了抓住袁香兒的雙手。

「怎麼了？不是你自己主動的嗎？」袁香兒爬起身，捏了捏它的鼻子。

「我是看妳最近太緊張了。」南河蹲坐在袁香兒身邊，飛機耳偶爾動一動，撩得袁香兒有些心猿意馬，「妳是不是很擔心，怕我們不是妙道的對手？」

「我是有些害怕，怕自己沒弄好這件事，害了朋友，連累了你。」

袁香兒以為在這樣的氣氛下，南河會說「別怕，有我在」或是「別怕，我會保護妳」之類的話。

沒想到南河握住了她的雙手，「我們天狼族的伴侶之間，不存在『連累』一詞，無論如何都要攜手共渡，才是應有之道。妙道固然強大，但只要我們兩個在一起，沒什麼好怕的。禍福與共，生死相依而已。」

「對，咱們不怕他，看我怎麼對付那個變態老頭。」袁香兒突然來了精神。

妙道比她想像中來得還要快，這一日，袁香兒站在院門口，正和隔壁吳嬸家的二花說話。

「大姐自打嫁了夫郎，先頭倒也還好，近日回來卻總是一副悶悶不樂、魂不守舍的模樣，我真是替她擔心。」二花最近很為出嫁的姐姐煩惱。

她的姐姐大花是袁香兒從小到大的玩伴，在年初的時候嫁給兩河鎮的張家，因為袁香兒和周德運去了北方，沒來得及參加婚禮，只能草草隨了禮，袁香兒也有些遺憾，打算找機會見上一面。

「是嗎？改日有去兩河鎮的話，我去看看她。」

這裡還在說著話，院中的梧桐樹上突然傳來一陣急響。

居住在樹上的渡朔，突然從上面掉落下來。

袁香兒回首一看，渡朔化為人形，想從地上撐起身，卻再一次倒下去。

南河伸手將它扶起，渡朔咬緊牙關，面露痛苦之色，幾乎不能自持。

「他來了。」它伸臂扶住院牆，顫抖著身軀向院外走去，勉強讓自己說出完整的話，「我得去見他。」

使徒契約是一種對妖魔有著強制約束力的契約。作為主人對自己的使徒有著絕對的控制權。哪怕相隔千里，只要主人發動契約召喚，使徒都會因為無法忍受身軀的劇痛，不得不主動回到主人身邊。

先前給渡朔短暫的自由，是他妙道同意放手。此刻，他想要召回渡朔，一逞主人之威，渡朔根本毫無反抗的能力。

夏日的陽光很烈，鼓噪的蟬鳴在那一瞬間寂靜了下來。

門外不遠的街道上，一男子身著尋常道袍，眼束青緞，頭上戴著一頂平平的斗笠，袖著雙手面向袁香兒。他容貌清雋，身材消瘦，蒙眼的青緞之下肌膚白皙，看起來像是一位風度翩翩的少年郎君。

袁香兒卻知道這是一位實力強大，已經不知道活了多少年的老怪物。他的身後隨行之人有男有女，奇裝異服，雖然人數不多，但氣勢隱隱逼人。袁香兒知道這些全是妙道的使徒。

為了盡快拿到水靈珠，這位從不出京都的國師大人，輕裝簡從，匆匆趕來。

「前輩既然來了，還請進屋坐吧？」袁香兒叉手行禮。

「阿香，阿香，這是誰啊？」二花不曾見過這般人物，悄悄拉著袁香兒的袖子問。

袁香兒握了一下她的手，搖搖頭，「速回，別多問。」

二花還沒有說話，眼前一花，那位蒙著眼睛的道長和他身後的隨從便憑空消失了。她轉過頭，身後的袁香兒消失不見，院門也被關上了。明明只有一道薄薄的木門，但從門外卻聽不見裡面絲毫的動靜。

「原來阿香也是這樣厲害的。」二花愣愣道。

余瑤離開的時候，二花還是一個流著鼻涕的小姑娘，對那位人人傳頌至今的自然先生沒什麼印象。因此從沒將自己的兒時玩伴，看做是特殊之人。直到這一刻她才發覺，阿香的世界似乎和他們不太一樣。

妙道在石桌邊坐下，二話不說，先伸出兩指掐了個手訣。

渡朔悶哼一聲，雙膝劇痛跪倒在當場。它額角青筋爆出，死死咬住牙關，才沒讓自己發出過於難堪的聲音。

「私解鎮魂鎖，膽子不小，看我怎麼罰你。」妙道冷冷說道。

「你誤會了，鎮魂鎖在這裡，」袁香兒取出斷了的鎮魂鎖，替渡朔解釋，「並非故意，而是在戰鬥時不慎弄斷的。」

妙道輕哼一聲，纏繞在一起的白皙手指微微一彎，迫使渡朔繼續發出抑制不住的喉音。

他不在乎鎮魂鎖是怎麼斷的，他只想先聲奪人，在氣勢上給袁香兒來一個下馬威。但他打算繼續懲戒的手勢頓住了，只因袁香兒從袖子中取出一顆亮晶晶的玻璃珠，那水氣濃郁的水靈珠在空中晃了一下，又被收了起來。

「水靈珠？」妙道繃緊的唇線終於放鬆了，向袁香兒伸出手，「給我看看。」

「國師大人，您也太不夠意思了。忽悠我去取寶物，說得倒輕鬆，其實完全是龍潭虎穴啊。」袁香兒把那珠子攏在衣袖中，「你看看我，這一去大半年，經歷了多少水深火熱的戰鬥，差一點就沒命了，這才僥倖得了手。」

妙道笑了，「我都說了，只有妳能成功。妳替我取得寶珠，厥功至偉，想要什麼謝儀，儘管開口便是。」

「那我就不客氣啦，」袁香兒笑嘻嘻的，「我也不要別的，就想要幾位厲害的使徒。不然，您將身邊的皓翰和渡朔送給我吧？」

獅子大開口，坐地起價，為的是留個空間給妙道討價還價，達到自己真正的目的。

妙道的笑容淡下來，他可不像雲玄那麼好糊弄，不吃袁香兒這一套。

「小小年紀，不可過於狂傲貪婪，做事要有分寸。」他說。

他身後的使徒一個個摘下斗笠。有袁香兒見過的皓翰，蒼老邋遢的老者，渾身遍布蜘蛛花紋的女性，還有一位額伸長長雙角、身上長滿眼睛的年輕男子。一個個放出威壓，身後都拖著長長的妖魔影子。

袁香兒「哎呀」一聲，捂在衣袖裡的手一鬆，失手把那顆珍貴的玻璃珠摔到地上。眾目睽睽之下，那人間至寶掉在地面上，碎成好幾塊。

妙道心中驟然一緊，忍不住伸手向前欲救，卻晚了一步。他這才發覺，碎在地上的不過是一顆凝結了水靈氣的玻璃珠而已，真正的法寶哪有這般容易損壞。

心心念念的寶物險些碎在眼前的後怕，讓他勃然大怒，束住雙眼的青色束帶後隱隱現出詭異的黑芒，袁香兒登時覺得四肢僵化，舉動遲緩，幾若石化。她本能地祭出雙魚陣，才稍微感覺好一些。

袁香兒在法陣中站定，雙手成訣，整個院子的地面隱隱浮起法陣的紅光，八方出現八根赤紅色的火柱。

妙道冷笑一聲，「無知，就憑妳這樣的法陣，怎麼可能擋得住我？」

袁香兒：「當然是擋不住的，但毀了一顆水靈珠應該沒問題。」

妙道皺眉：「妳說什麼？妳將水靈珠放在何處？」

「我不記得了，終歸是在我家院子裡的某處吧。青龍和我說過，水靈珠雖然是龍族至寶，但它其實很脆弱，這個水系的法寶特別懼怕火焰，被這八卦明火陣一噴，估計再珍貴的寶物也都毀了。」

庭院四周籠著遮天陣，就算裡面打得再厲害，外面的人也一無所覺。庭院內的八卦方位，各立著一根洶洶烈焰的火柱，但凡驅動法陣，整個庭院肯定會陷入一片火海。水族的法寶，確實經不得這樣的烈火。

袁香兒俏生生地站在他面前，身側守著一隻上古神獸，銀白色的天狼眉心隱約現出屬於使徒的印記，氣勢洶洶地瞪著他。還有一隻六眼蛇身的蛇族，在昏暗中聳立著脖頸，睜著六隻眼睛從高處望下。院牆邊緣綠色的藤蔓瘋長，托著一個臉上帶著刀疤的少年，神色冷淡，殺氣騰騰。

不過半年不見，這個小女孩的實力已經不可同日而語，敢和自己抬槓了。她甚至準備了這樣的法陣，就為了和自己談條件。

妙道看了她半晌，終於慢慢坐下來，「倒是小覷了妳，余瑤竟然能教出妳這樣的徒弟，妳和妳師傅大不相同，它可沒有妳這樣的心思。」

「過獎，多謝前輩讚譽。比起國師大人，我還差得遠呢。」袁香兒虛心接受表揚。

「去裡世的路，真的走得很辛苦嗎？」妙道說這句話的時候，又變回了一個關愛後輩的長輩，彷彿剛剛氣勢洶洶的人不是他一樣。

妙道這個人在大部分的時候，都顯得矜持冷淡，穩穩端著道統第一人的風範。但袁香兒和他接觸多了，發覺他那看似仙風道骨的表皮下，著實掩著殘暴嗜血的岩漿，動不動就會因為抑制不住而爆發一次。

這是一個扭曲而喜怒無常的人，十分不好相處，哪怕剛剛還春風和煦的，一個不好就要翻臉不認人。

袁香兒十分痛恨他肆意折磨渡朔的行為，但為了將渡朔從他手中搶下，現在只能強壓著心中的怒火，小心翼翼同他周旋。

「是的，前輩，那個世界真的很可怕。裡面全是恐怖的魔物。我遇到了一隻豬妖，它試圖讓我做它的寵物。我還被樹靈迷惑，險些陷在一個赤紅色的鎮子裡，永遠出不來……進了龍山後，守門的天吳是不死之身，怎麼打也打不死，它把我們所有人都捲入海底，差點就沒辦法活著回來了。」

袁香兒一邊說著，一邊細細觀察妙道，不放過他任何一點細微的神色變化。

她揣摩著妙道的心態，把自己在裡世新奇愜意的旅行描述得三分真，七分假，顯出其中的千難萬難。

就連妙道都不得不點頭道，「確實很辛苦。」

「快要出來的時候，偏偏還遇到了一隻九尾狐，所有人都差點死在它手上。」袁香兒直視著妙道，貌似不經意地在他胸口撒了把鹽。想對付妙道這種人，一味地討好是沒用的，他已經習慣被所有人討好，深知你的討好和諂媚是一種對他的畏懼。

在和這樣的人談判時，你一定不能完全跟著他的節奏走。

果不其然，妙道的臉色一下凍住了，「妳說誰？」

「哦，我說那隻雄踞一方的妖王，它的名字似乎叫塗山。」

一股有如實質的殺氣，以妙道為圓心向四周「嘭」一聲衝擊開來，掀起一地寒煙。盛夏時節，整個院子的石板地都在這一瞬間結了層薄冰，就連妙道身後的四位使徒，都悄悄後退了幾步。

它們都知道，塗山這個詞對國師而言，是禁忌中的禁忌。這幾年來，從未有人敢在國師面前提起這個名字，這個女孩的膽也太肥了。

「塗山！」妙道臉部的肌肉扭曲，牙關咬得咯咯直響，「妳遇到塗山了？它怎麼樣，如今長得什麼樣子？」

「它啊，打扮成一個小姑娘的模樣，撐著一柄紅色的雨傘。我一開始還以為那只是一個小女孩。別看它身材嬌小，實際上卻異常強大。我們沒有人是它的對手。」

「你們竟然能從它的手裡逃脫？」

「多虧青龍大人當時和我們在一起，傷了它一隻手臂，我們才得以僥倖逃脫。」

「受傷了？哈哈，那個變態的暴徒也有這麼一天。」

袁香兒繼續刺激他，「國師大人，你那麼恨九尾狐，甚至連一隻小狐狸都不放過，為什麼不直接去裡世，找這隻九尾狐祖宗的麻煩呢？」

妙道的面孔變得扭曲，「那個傢伙，遲早有一天，我會滅它滿門。」

原來是打不過啊。即便是妙道，也無法獨自殺入塗山的地盤報仇嗎？

妙道逐漸從暴戾的情緒中清醒過來，「塗山」二字勾起了他童年最為痛苦的回憶。那隻九尾狐當著他的面，把他的師兄們一個個拍死在山壁上，一口咬斷恩師們的脖頸。就在他的眼前，腥紅的魔獸殘忍地殺死了他整個師門。這個仇恨不僅成為沉重的枷鎖，也成為永遠無法掙脫的惡夢，鎖在他的心頭上百年，讓他無從解脫，無一刻安寧。

妙道以手扳住冰冷的石桌，石桌的涼意透過肌膚傳來。

曾經，這個庭院和這張梧桐樹下的桌椅，是唯一能讓他放鬆的地方。坐在桌子對面的人，笑盈盈地同他舉杯相碰，一醉解千愁。

沒想到他最信任的朋友竟然騙了他。

妙道抬起手指，在梧桐樹下那光潔的石桌面上撫過。那張袁香兒從小趴在上面寫字畫符，師娘坐在那裡曬乾貨、分點心的石桌，竟然發生了奇妙的變化。

簡陋平常的石板上波瀾起伏，先冒出了一點綠色，很快綠層盡染，綠野遍地，出現了山川和河流，其上更有雲霧繚繞，以及細小的飛鳥穿行其中。

妙道看著袁香兒吃驚的神色，「妳沒見過嗎？這叫『一桌世界』，是從前妳師傅和我一起做來消遣的。」

「師傅和你做的一桌世界？」

「當時我們偶爾會切磋一下術法，或是讓各自的使徒比試一下。在這裡面進行打鬥的話，即便鬧得翻天覆地，都不會影響到外面的世界，更不會嚇到余瑤的那位凡人妻子。」

妙道看著袁香兒，莫名來了興致，「妳不就想要渡朔嗎？妳我各出三人，比三場，如果妳贏了的話，渡朔就歸妳了。」

袁香兒皺緊眉頭。

「阿香。」渡朔不顧及妙道，喊了袁香兒一聲，衝著她搖頭。

「這是我給妳的機會，妳要懂得珍惜。」妙道慢悠悠地說，「我這個人最討厭被別人威脅，便是妳手握水靈珠，也得按照我想要的來。若我得不到珠子，妳這一院子的人，一個也別想活。」

他沒有給袁香兒考慮的時間，微微一抬手，「皓翰。」

皓翰單膝跪到他的身邊。

額生利角，眸現金瞳，長髮旖旎，精赤的身軀上繪滿詭異的紅色符文，這是一位彪悍又強壯的妖魔。

「去吧，若是輸了就不要回來見我。」

皓翰縱身躍上石桌，健碩的身影不見了，石桌上的小世界裡，卻出現了一個小小的身影。

第六章　意外

「讓我先去試試。」袁香兒這邊，時複從托身的藤蔓上跳下。

在得知妙道要來的消息後，時複執意前來相助，袁香兒本來不想將他捲進這件事裡，更不可能讓他第一個出戰。

「還是讓我先去吧，我先試試它們的實力，阿香和南河你們壓陣。」魍魎也搶著說。在聽說妙道要來後，本來應該回天狼山的它再次找到藉口，待在袁香兒家不肯離去。

正當袁香兒忙著阻攔這兩人，南河已經縱身躍進石桌的世界了。

『讓我先試試吧，第二場留給妳。若是我們都贏了，他們就不必冒險。』南河的聲音在袁香兒腦海中響起，『何況，我早就想和這個皓翰比試一場。』

它這些話當然還有另一個含義。如果袁香兒和南河都輸了，時複和魍魎同樣不用上場，最大限度地保護了主動留下來相助的朋友們。

在石桌的小世界，無邊的曠野中，銀白的天狼和額上長角的猛虎狠狠撞在一起。

南河引星辰之力，皓翰降雷電之威。赤紅的隕石從天而降，砸得地動山搖；漫天雷雲中銀蛇亂舞，攪動得飛沙走石。

戰鬥很快進入白熱化的狀態，皓翰不僅招來雷電，更從大地深處凝固出一條又一條金屬長刺，凌厲的金刺攜著遊動的閃電，從四面八方攻向南河。它的天賦能力是金系能力，善於控制金屬和雷電。

相比起凶狠霸道的皓翰，年輕的南河顯然處於下風。在凶狠的戰鬥中，那身銀白的毛髮很快染上了血色。可天狼從不因傷痛而退卻，反而激起了它的血性。它的雙眸燃著興奮的戰意，身如魅影，避過金槍電雨，向皓翰猛衝過去。

「哪裡來的小傢伙，還真的能和皓翰槓上。」妙道身後的妖魔說。

「是天狼呢，真罕見。天狼都是一群好戰的傢伙，這麼小就能和皓翰鬥一鬥了。」

「可惜還是差一點，遲早會敗下陣吧？」

妙道支著下頷，看得有趣，轉過臉對渡朔道，「沒想到在這個世界上，竟然有肯為你拚命的人。可惜了，皓翰的性子你也知道，打起來什麼都顧不得，未必會為了你手下留情呢。」

戰場中膠著的二人驟然分開，皓翰哈哈大笑，「你不錯，遲早會成為我的勁敵。但現在還早了一些，乖乖認輸吧，還能少受一點苦。」

「現在就定輸贏會不會太早了？我不會輸。」南河身上帶了傷，眼中卻有炙熱的光，「為了不讓渡朔回到那個變態主人的身邊，阿香付出了很多努力，我必不讓她的努力白費。」

皓翰的攻擊頓了一瞬，「無用之功，這個世界上還沒有能夠同主人相抗衡的力量。」

就在此時，白日的天空之中，突然裂開一道口子，露出雲層後漆黑的宇宙和浩瀚星辰。

點點銀白的星輝，慢悠悠地從天空飄落，鑽入了桌面上的小世界，瑩瑩起光的星輝成群結隊，向著南河身上落去。

糟了！

南河的離骸期已經進入了平穩的尾聲，不再像一開始那般痛苦難耐。它只要準備好充足的靈力，在僻靜處閉目打坐，就能安穩順利地渡過每一次的星辰淬骨。以致於袁香兒最近都不再緊張它的離骸期，將此事暫放在腦後，想不到在這樣關鍵的時刻，最後一次的淬體重煉卻十分不巧地到來了。

南河拖著被星力淬煉的痛苦身軀，在戰場中勉強跑動，不要說還手之力，就是皓翰那凶猛密集的攻擊，都已經無法完全避開。

「小南，你出來。」袁香兒站起身。

妙道舉袖攔住她，「不行，除非它認輸，或是死了。否則這一場都不算結束，妳不能破壞規則。」

小世界裡的南河越跑越慢，無數的星辰縈繞著它的身軀，給它帶來致命的痛苦，它的額頭落下痛苦的冷汗。一道金色的長刺甚至在它躲避不及之時，穿透了它的小腿，滯留在它身上，紅色的血液隨著它的奔跑，星星點點地一路灑落在碧草之間。

妙道身邊那位雙角多目的使徒，伸手搭上渡朔的肩膀，此妖名為窫風，「好可憐的喪家之犬。我看你還是趁早給主人認個錯，乖乖歸隊算了，主人的力量不是這幾個小娃娃能夠挑釁的。」

渡朔蒼白著面色，一言不發。

在過去漫長的歲月中，它為很多人流過血、出過力。但這一生還未曾讓朋友為自己流過血。南河的鮮血落在大地上，刺痛了它的雙眼，落進了它的心中，點點滴滴都那麼炙熱，燙得它那顆已經灰滅的心臟，重新沸騰起來。

「南河。」它站起身，向著石桌內的小世界喊，「你出來，不需逞強，我便是回國師身邊，也無大礙。」

坐在石桌旁的妙道笑了，越倔強的傢伙，屈服之時便越能帶給他快感，這樣的場面他很是喜歡，也十分享受。

他就想看渡朔不得不彎下脊背求他，想看見袁香兒眼中那討厭的光芒熄滅。那種年輕而明亮的眼神，讓他打從心裡覺得不舒服。

在桌面的小世界裡，外人的聲音無異於驚雷響徹大地，但南河彷彿沒聽見渡朔和袁香兒的呼喊一般，依舊狼狽而笨拙地躲避著，渾身銀白的毛髮幾乎被染紅了。

「算了，我不想欺負你，你趕緊認輸之後離開吧。」就連皓翰都忍不住停下了攻擊。

「南河，你出來！」袁香兒和身邊的朋友們喊著南河。

『阿……阿香。』南河的聲音透過契約傳進袁香兒的腦海中。

『快出來，小南，你先出來，剩下的交給我。』袁香兒著急地說。

『不，阿香，再給我一點時間，我的身體似乎就要發生某種變化了。』

『可是你傷得很重……』袁香兒不忍心。

『阿香，妳能不能給我唱一遍那個……就是每次我受傷的時候，妳在我身邊念的那個咒。』

『我只要聽到它，就會好很多。我一定能撐過去，妳相信我。』

袁香兒恨恨地嘆了口氣。

金鏃召神咒的韻律聲在南河的腦海中響起。

那聲音時而冷冽清澈，時而神祕溫柔，令它疲憊痛苦的身軀為之一輕。這個聲音對它來說實在太熟悉了，在它被群妖追殺，瀕死之際時響起過；在它身負重傷，獨自蜷縮在樹洞中響起過；在它被星力淬體，痛苦難耐之時響起過；在它無數次受傷的時候，都曾輕輕傳來，撫慰它一度破碎不堪的心靈。

『羌除餘晦，太玄真光，妙音普照，渡我苦厄……』

『渡我苦厄……』

『渡我苦厄……』

石桌的世界裡，傷痕累累的天狼身邊匯聚的星輝越來越多，使整隻狼軀都為之熠熠生輝，變得灼眼奪目，令人無法直視。

那銀色的光芒從狼軀中綻放四散，似乎有某種新生的東西，要從那灼眼的星光中誕生而出。

「殺了它！立刻動手！」妙道站起身來。

皓翰立刻出手，卻已經遲了，雷電穿過耀眼的光團，毫無反應地被星輝湮沒。星光之中，熠熠生輝的成年天狼，精悍矯捷地邁步而出。不論活了多少年，只有澈底渡過離骸期、歷經星力重塑身體的天狼，才算得上是一隻真正的成年天狼。

南河抖了抖星輝滿身的毛髮，一路灑落點點銀芒，它的外貌看起來和之前並無多大的差別，但當雄健的身軀從容步出、如水的雙眸淡淡掃過來之時，所有人的心裡都免不了咯噔一聲。

原來這才是完全成年的天狼，果然不一樣了啊。

皓翰不由自主地壓低了身體的重心。

前後不過短短的時間，眼前的南河帶給它的感覺竟然完全不一樣了。那隻天狼看過來的時候，竟引得它頭皮發麻，心底升起了一股本能的畏懼。

南河輕輕吐出低語，「請星辰之力。」

天空中降下一顆流星。僅僅一顆，不像之前鋪天蓋地。遠遠看去，那小小的流星拖著長長的火焰破空而來。很快流星越來越大，如瓜果、車輪或圓桌、熊熊燃燒的巨大隕石向著皓翰撲面而下。

戰鬥以意想不到的轉折結束了。

妙道擰住認輸退出的皓翰，「你是故意的？你輸給它，以為這樣就能幫上你的好兄弟？」

皓翰舉起雙手，「抱歉主人，我是真的輸了，剛結束離骸期的天狼實在過於強大。回去之後但憑主人責罰便是。」

「回去之後再和你算帳！」妙道面色陰沉，將它推到一邊，對袁香兒道，「下一場，你們先出人。」

袁香兒早早就想好了，不管下一場的敵人是誰，都由自己出戰。她搶在所有人有動作之前，一抬腳踩上石桌。

腳下彷彿踩了空，站定之後，她發覺自己置身在一片茫茫無邊的草原，遠處有高低起伏的丘陵，天空飄著縷縷白雲，甚至還有飛鳥偶爾掠過。

看起來就和真實世界一般無二，空曠無邊，又沒有真實的生靈，確實是比試的好場所。

遠處的天邊頓時傳來雷鳴一樣的對話聲。

「阿香，妳怎麼進去了？這一場該讓我來啊！」那是虺螣的聲音。

「阿香，妳一定要小心，不行就出來，下一場讓我上。」這是時複的聲音。

『阿香，不要怕，我陪著妳。』南河的聲音在她的腦海中響起。

渡朔卻一直沒有說話，袁香兒知道這位不善言辭的朋友，此刻心中必定十分焦急難過。

它是一位既溫柔又善良的朋友，耗費了上千年的時間守護著人類和山林，以致於曾被奉為山神。像它這樣的生靈，像它這樣的朋友，絕不該遭遇那樣屈辱的對待。

無論如何都要拚盡全力，贏得這一場戰鬥，奪回渡朔的自由。袁香兒心想。

一隻魔物從她眼前緩緩降下，那人額頭有著長長的雙角，背生雙翼，全身上下都長滿了眼睛。

「認識一下，我叫窕風。」那隻魔物懸停在空中，臉上帶著輕鬆的笑，「我不想欺負女人，可惜主人的責罰太恐怖了，我可沒有勇氣反抗。」

袁香兒抽出一張銀符，瞇起雙眼，「我剛剛都聽到了，你說誰是喪家之犬？這一局就讓你品品做喪家之犬的滋味。」

「哎呀，這麼凶啊？」窕風笑嘻嘻的，「妳不就是占著師傅留給妳的護身法陣嗎？妳以為沒有攻擊能打到妳，就有恃無恐了？要知道主人帶我來，就是為了對付妳啊。」

它張開後背的黑色雙翼，渾身上下無數雙眼睛齊睜，烏黑的瞳孔一齊向袁香兒看過來。

袁香兒抽出一柄隨身攜帶的小刀，雖然看起來鋒利，但其實只是她平時用來削水果的刀具。

窕風在半空中笑彎了腰：「哈哈哈，我說小娘子，妳真的是來比試的嗎？妳不會連血都沒見過吧？那我欺負妳的時候，可真有點不好意思了。」

袁香兒沒搭理它，她用雙手握住刀刃，輕輕一拉。

是的，她握住的不是刀柄，而是銳利的刀刃。

張開手掌的時候，鮮紅的血液立刻順著肌膚滾落下來。

袁香兒的皮膚白皙，那突兀的血色便顯得有些怵目驚心。

她單手掐了一個「扭」決，呵斥一聲：「下來！」

鮮血更增法訣之威，窕風正說著話，不料她一言不發就動手，「啪嗒」一聲從半空中掉落下來。

袁香兒翻動手指，變幻指訣，再出一「井」訣，道一聲：「陷！」

窕風頓時陷在地裡動彈不得。

這兩個手訣都極其簡單，連續出招極快，打得是一個出其不意。但想長時間控制窕風這種大妖的行動卻極其困難。她把握時間，在這短短的時間內左手掐訣，右手駢兩指，靈犀一點，指空書符。

鮮紅的血液順著白皙的手指流下，滯留在空中，形成了紅光閃閃的血色符文。

伴隨著符文的成型，草地上浮起一圈紅色的法陣，法陣的十二個方位，若隱若現地出現了十二尊神靈的虛影，地底隱約響起清音吟誦，積天地法則之威，條條紅鎖在陣心出現，一道道束住法陣中心的妖魔。

「咦，太上淨明束魔陣？」圓桌之外，便是妙道也略微吃驚地坐直了身軀。

「看不出來啊，人類的小姑娘竟然還有這一手，窈風這個話癆的傢伙太過大意了，這下吃虧了吧。」皓翰摸著下巴，饒有興致地旁觀。

被陷在法陣中的窈風暗暗叫苦。它成為妙道的使徒已久，見過不少人類術士的戰鬥場面。那一個個身軀柔軟的人類法師，難道不是都遠遠地站在戰場外，先念誦，祭符，擺放法器，互相自報家門嗎？

沒想到這次卻遇到了一位不按牌理出牌的小姑娘，看起來倒是一副秀氣且弱不禁風的模樣，想不到一言不合說打就打。她左手掐手訣，右手持符咒，一照面就放大招，自己不慎吃了大虧。

窈風企圖掙扎，那法咒形成的鎖鏈卻勒得更緊了，把它死死按在地面動彈不得。

石桌外的妙道倒是不急，「一隻手就將太上淨明束魔陣布出來了？真是難得。還是這樣的年紀，翻遍洞玄教只怕也找不出相同資質的孩子啊。余瑤倒是尋了個好徒弟。」

隨後，他冷冰冰的聲音從外界傳進桌面的小世界中，「窈風，你要是敗了，我就折斷你的羽翼，把你困在山河圖中，受一個月的火灼之刑。」

窈風顫抖了一下，它出生在極陰之地，最怕烈火，只得悶聲悶氣地回答，「知道了。」

袁香兒在裡世的海外見識過多目的能力，擔心妙道的這位使徒擁有和多目類似的精神攻擊。所以她利用敵人對自己的輕視，出其不意地放大招，直接將其壓制。

在這個過程中，她刻意避開視線，完全沒有和窕風身上的任何一隻眼睛交會視線，只在確定壓制住它後，向著那個方向看了一眼。

袁香兒沒有意識到，人的思維有時候是跟不上行動的。除非蒙上雙眼，否則即便心裡知道不能和那些視線交會，卻在看見法陣的鐵鍊之下冒出濃濃黑煙時，還是忍不住望去。

只是看了一眼，袁香兒便知道事情不妙，但一切已經來不及了。

眼前的地面上，剛剛還束縛著妖魔的法陣、符文、神像，在一陣煙霧後，一切都消失不見。

綠茵恢復成平整的模樣，剛才被束在法陣中狼狽不堪的妖魔，此刻依舊是初入法陣時的模樣，正懸停在半空中，帶著一點輕蔑朝自己說話。

「認識一下，我叫窕風。」窕風懸停在空中，臉上帶著輕鬆的笑，「我不想欺負女人，可惜主人的責罰太恐怖了，我可沒有勇氣反抗。」

它說著和剛剛一模一樣的話，彷彿那場短暫的戰鬥，並未真實發生過，只不過是袁香兒一時的幻覺。

袁香兒後退了一步。

這不對勁，她肯定陷入了某種特殊能力當中，不能坐以待斃，要想辦法掙脫出來。

懸停在半空中的妖魔開口對她說話，「妳有沒有覺得，在我們做夢的時候，時間彷彿過去了很久，有時候甚至在夢中渡過了一輩子，但醒來的時候，發現僅僅過去了一瞬？」

「妳覺得那只是夢境，其實那是屬於自己的小世界，只要妳願意，每一個小世界都會是一個真實存在的空間，時間在這裡流逝的速度和外界遠遠不同。」

它磁性的嗓音在空闊的草原上迴盪，顯得虛無縹緲，時遠時近，但又令人忍不住細細傾聽。

「告訴妳也無妨，為什麼主人要我來對付妳，只因我的天賦能力是任何護身或法陣都抵擋不住的。我能夠操縱的，就是妳意識世界的時間。」它微微前傾身體，腦袋靠近袁香兒，「時間是一種看起來無害，卻最為恐怖的東西。」

袁香兒不信它的話，她出手祭出隨身攜帶的神火符。窕風挑了挑眉，露出了難看的表情。

神火鳳凰出現在空中，灼熱的烈焰直接噴向眼前的敵人。

窕風並不躲閃，任憑火焰將自己燒為灰燼。灰白的灰燼掉落在草地上，神鳥的身形在空間漸漸消失。

下一刻，灰燼不見了，草地上熊熊燃燒的烈焰也不見了，再次恢復成空曠無邊的草原和毫髮無傷的青青草地。

這裡沒有建築，沒有人類，更沒有半點生靈的氣息。這一次，就連懸停在空中的窕風都不曾出現。

但它的聲音卻不知從何處傳來，「人類，是一種十分脆弱的生命呢，肉體脆弱，精神也異常脆弱。太高興會崩潰，太悲傷也會崩潰。就連長時間的寂寞都承受不住。這樣脆弱的種族，不過是偶有一點小聰明，就自以為能成為世界永恆的主宰者，真是可笑。」

袁香兒衝著空氣喊道：「出來！你躲在哪裡？」

「別急嘛，我們有無限的時間。相信我，這個世界漫長的時間會使妳陷入瘋狂，絕望，最終親手毀滅自己。妳若是太過無聊的話，我可以送妳到妳的過去，去彌補一下曾經的遺憾。」那個聲音從虛無中傳來。

身邊的景象開始變化，草坪和森林在飛速倒退。

浮光掠影穿行而過的景象，有袁香兒剛去過的裡世，繁華的京都，遼闊的塞外，以及溫馨的小院，甚至有袁香兒七歲之前，那個貧瘠破舊的家。

很快，變幻的影像停了下來，她發覺自己身處在一個現代化風格的客廳。潔白的牆面和地磚，黑色的皮藝沙發。這是袁香兒熟悉到不能再熟悉的地方，是她前世的家。此刻她正從樓梯上走下來，看著坐在沙發上的母親。

「已經沒時間了，我白天還有個會議，晚上一起吃個飯。」母親看著手錶，皺著眉頭說。

眼前的一切都是那麼真實，手心的肌膚傳來大理石欄杆的冰涼感，高懸在穹頂的吊燈，從廚房一溜而過的橘貓，甚至連母親嘴角那一抹皺紋，都讓她彷彿身臨其境。

那一次，袁香兒拒絕了母親難得提出的邀請後，在當晚遭遇車禍身亡。她甚至來不及和母親和解，就離開了這個世界。或許當時只要點一下頭，她的命運就會改變，可以留在現世，重新過上曾經的生活。

袁香兒看著妝容精緻的母親，輕輕嘆息一聲，「抱歉，媽媽，我和別人有約了。」

母親像上次一樣，不高興地站起身來，向外走去。

「等一下。」袁香兒叫住了她，「媽媽，我有喜歡的人了，它的名字叫南河。我想哪天能帶它來給媽媽看一眼。」

母親側過臉，輕輕點了一下頭，「好吧，讓我見見它。」

周圍景象再變，來到了袁香兒七歲那年的袁家村。她手上提著一個破舊的包裹，大姐抹著淚，二姐哭鬧不休，母親和父親神色愧疚，一家人齊齊站在門口將她送走。

袁香兒打開包袱，把那撕掉一半的麵餅拿出來，分給大姐和二姐。

「香兒，妳這是做什麼？」父親伸出粗黑的手掌阻攔。

「謝謝你們，但是我已經不需要這個了。」袁香兒牽住身邊之人的手，那個人對她微笑。

它是在這個世界上，最令她安心的存在。

她跟著余瑤回到小院。

那一日，在梧桐樹下的石桌前，余瑤蹲下身，對她說道：「香兒，人間生死聚散理應順其自然，本不該過度執著。」

師傅的這句話聽在心中，不易驚雷響起，袁香兒卻一把抓住它的衣袖，「師傅，什麼生死聚散，您到底要去哪裡？您為什麼不告訴香兒！」

余瑤低下頭看著她，那眼眸清澈深邃，彷彿裡面有深淵，有大海，承載著深海中萬千世界。

這一次，袁香兒沒有昏睡過去，她清晰看見一黑一紅小魚，緩緩從余瑤的眼眸中游出來，搖頭擺尾地游過無限空間，進入自己的眼中。

「不要怕啊，香兒。這是在我們自己的家，師傅會守護妳的。」

師傅當年沒有說過這句話，此刻到底代表著什麼意思？穿越了漫長時空的袁香兒，只覺得腦袋迷迷糊糊，似乎有無數巨大的聲響，在她的腦海中不斷響起。

她猛地驚醒，想起自己身在何時，身在何地。

依舊被束縛在法陣中的窫風大吃一驚，在它眼前的人類女孩，明明已經中了它的幻陣，陷入無窮無盡的時空了。依照過去的經驗來看，它只需稍微等待片刻，這個人類就會在漫長而無限的時光中迷失自我，最終消散崩潰才對。

沒想到這個女孩竟然能自己掙脫出來，她猛地睜開眼睛，大口喘著粗氣，卻在看見自己之前，迅速抽了一條絲帕蒙住雙目。

「沒用的，雖然不知道妳是怎麼醒來的，但妳已經中了我的幻陣，我就能無數次讓妳重新陷落。」窫風無奈地說，「妳還是乖乖認輸吧，渡朔左右是一隻妖魔，和你們人類又有什麼關係呢？犯不著這樣為它拚命吧。」

袁香兒不搭話，盤膝在地上坐了下來。

果然，即便閉上了雙目，窫風的模樣依舊出現在她的腦海中，那布滿身軀和手臂的眼睛齊齊睜開，在袁香兒避無可避的腦海裡，對上了她的視線。

周圍的景象變得很快，這一次出現的大概是未來的景象。厭女坐在漆黑的梧桐樹上，扶著樹幹、低著眉眼，孤獨而小小的身軀下，立著一塊厚重的墓碑，墓碑上無字，僅僅雕刻著一對女孩玩耍著玲瓏金球的畫面。

韓佑之騎著高頭大馬在街道上迎娶妻子，而被他趕出家門的尫臁，正趴在袁香兒的院中喝得爛醉如泥。

而袁香兒自己也開始產生變化，光潔的肌膚爬滿了皺紋，脊背佝僂，鬢髮如霜。她垂垂老矣，只有南河依舊是年輕的模樣。南河伸出雙手，捧起袁香兒蒼老的臉，想要低下頭親吻她。

「將來的事並沒有發生，大概是你強行為我編寫的，一點都不真實，所以我沒辦法產生代入感呢。」閉著眼睛的袁香兒開口說話。

窕風趴在法陣中不滿地說：「哪裡不真實了？這些就是妳要面臨的命運！」

袁香兒笑了，她伸手摘下眼上的手絹，「你可能不知道吧，即便我老了，行動不便，也不可能羞怯地等著南河來親近我。」

地面上的草坪開始浮動變幻，這一次卻是窕風驚訝地發現，自己浮到了空中，它正被這個桌上的小世界排斥。

它施展不出法力，身軀又被束縛，只能毫無反抗之力地被拋出這個小世界。

「妳、妳幹了什麼？」它的喊聲還遺留在半空中。

袁香兒看著它消失的位置，低頭撫摸生長在這個世界裡的青草，那些柔軟的草葉彷彿有靈一般，纏繞住她受傷的手掌輕輕摩挲。很快，袁香兒手心的傷口便止住了鮮血。

「你可能不知道吧，如果是在別的地方，我恐怕還真不是你的對手。」袁香兒看著那些柔草，「但這裡是不一樣的，這可是我師傅製作的小世界，這裡是我的家。師傅它特別護短，從來沒有讓我被任何人欺負過。」

她在被窕風控制住的當口，感受到師傅遺留在這裡的靈力波動。那股熟悉的靈氣鼓舞她，讓她找到操縱這個小世界的辦法。

這裡是余瑤和妙道一起建築的世界。妙道能夠操控，身在裡面的她，也同樣繼承了控制這個世界的能力。

袁香兒從小世界裡出來，對她來說，彷彿歷經了前世今生那般漫長的戰鬥，但對於外面的旁觀者而言，他們的戰鬥極其短暫且不可思議。

在他們的眼中，一進入石桌內的世界，袁香兒就迅速出手，束縛住強大的妖魔。隨後，她不知道為什麼呆立當場，又坐在草地上打坐片刻。這場戰鬥就莫名地結束了。

但不管怎麼說，先出場的是窕風，這也意味著他們取得了勝利。

飕釄和時複高興地跳了起來，他們甚至不用參與戰鬥，就已經勝利了。就連渡朔那克制而緊繃的面部線條，也隨之放鬆。

『阿香，妳還好嗎？看起來好像很疲憊。』南河伸手扶住了袁香兒的手臂，在她腦海中說話。

『我沒事，就是累了一點。』袁香兒衝著它笑。

經歷了那麼多的時空，她確實在精神上極度疲憊。但不管怎麼說，結局是好的，她打從心底感到高興。

妙道面色陰沉地看著眼前興奮雀躍的幾人，而窕風幾乎不敢看他的面孔。

妙道其實看不見真正的事物，但他依舊能感受到眼前這些人的歡快。

她有著年輕的生命，必定有一雙明亮又清澈的眼睛。她正和魔物們親密無間地拉著手歡笑，人妖之間毫無芥蒂，活得那樣輕鬆愉快。

在這棵梧桐樹下，就在這張石桌旁，也曾有一人用明亮的目光看著他，同他高談闊論，舉杯相碰。那時候的自己還沒有瞎，世界也不像如今一樣黑暗。

「阿妙，你要學會放下仇恨，否則你永遠都得不到真正的快樂。」那個人輕輕鬆鬆地對他說。

你懂什麼？你根本什麼都不懂，憑什麼能笑得這樣歡樂？

「第三場，我親自下場。」妙道冷冷開口。

「什麼第三場？」袁香兒吃驚道，「說好比試三局，我已經贏了兩場，就算是贏了，根本不用再比第三場。」

「我不管，說好三場就是三場，」妙道站起身，摘下頭上的竹笠，傾瀉出一頭蒼白的長髮。年輕的肌膚，衰老的長髮，絲絲濃黑的煙霧從覆蓋雙眼的束帶邊緣洩露。他不再像是人類，彷彿幽冥中回魂的惡鬼。

「第三場，你們由誰來戰？」惡鬼勾起紅唇笑了，一步步向他們逼近，「在我這裡，可是沒有認輸一說，死亡才是最終的結局。」

「你這個人怎麼能這樣？你這是不講道理！」胣膢氣憤道。

袁香兒攔住了它。憤怒的魔鬼如果執意殺戮，是沒有道理可講的。

怎麼辦？袁香兒腦中急轉，拚命思考應對之策。

實在不行，還是我來，有師傅的雙魚陣護著，他不一定能殺死我。

「既然他們已經贏了，那我就是阿香的使徒了。你非要比第三場，就由我再和你打上一次。」渡朔的聲音響起。

「很好！」妙道回過臉，看著那令他厭惡、一直不肯向他屈服的妖魔，「今天就讓你知道，屈辱地死去是什麼滋味。」

「不行！」袁香兒出手攔它，「國師，你若要鬧到如此地步，我就是拚死也不可能將水靈珠給你。」

「若你執意要戰，我來做你的對手。」南河同樣出手阻攔。

就在鬧得不可開交之時，院子的大門突然被人打開了。

「哎呀，怎麼這麼熱鬧？」雲娘的身影出現在了院門外。

袁香兒第一個反應過來，她迅速趕到門邊，接住雲娘。

她其實知道，這時候不該對雲娘表現出過於重視的樣子，以免引起妙道的注意。

但也正因為非常重視，使她不敢拿雲娘的安危冒險。

「師娘，您怎麼這麼早就回來了？」袁香兒將雲娘護在身後，開口詢問。

「啊，因為兩河鎮那邊似乎發生了一點事，所以我和吳嬸她們就提前回來了。」

雲娘越過她的肩頭看向院內，露出一臉意外欣喜的神色，「啊，這不是阿妙嗎？好多年沒見到你了。」

第三咒〈素白〉

第七章　幸福

劍拔弩張，暴戾躁狂的妙道被這一聲「阿妙」喊住了。

阿妙是他俗家的小名，後便取了「妙」字為道號。已經多少年沒聽過有人用這個稱呼喊他。可以說在這個世界上，還敢這樣叫他的人已經所剩無幾了。

從前，就在這個院子裡，時常有人喊這個名字。

「阿妙，你來得正好，今日你我不醉不歸。」

「阿妙，我又得了個新法陣，你快來跟我一起研究看看。」

「你們兩個別忙啦，快來吃飯，阿瑤，喊阿妙一道進屋。」

雲娘向妙道走去，袁香兒急忙伸手攔她。

雲娘笑著和她解釋：「香兒，妳可能不認得，這是妳師傅的好友，從前常常來家裡做客。」

袁香兒盯著妙道，不讓雲娘過去。不止是她，在場的所有人都有些好奇妙道的反應。

那位片刻之前還殺氣騰騰，揚言非要見血的國師大人，此時卻一動不動地站著。

青緞覆面，唇線緊繃，沒人知道他想做些什麼、下一刻會不會暴怒出手，傷人性命。

只見那位素來倨傲的國師愣了片刻，整理衣袖拱手為禮，微微低頭稱呼了一聲：「大嫂。」

「這都多少年沒見了。」雲娘乍見故人，心中高興，「阿瑤時常念叨著你，要是它知道你今日來了，一定會很高興。」

妙道的嘴抿得更緊了，沉默著一言不發。

「既然來了，就留下來吃頓飯。家裡還留著你喜歡喝的秋月白。我再去廚房做幾個小菜。」雲娘熱情地招呼多年未見的朋友，起身去廚房收拾酒菜。

這下不止是袁香兒等人感到吃驚，就連妙道身後的幾個使徒都大感新奇，它們的國師大人什麼時候對他人這樣恭恭敬敬？即便是在皇帝面前，他也從不低頭行禮的。

窕風仗著妙道看不見它，使勁衝著皓翰等人使眼色。

主人這是怎麼啦？什麼時候見過他這麼懂禮貌？他和這位娘子原來認識啊？

皓翰看它一眼，示意它收斂一些。

雲娘高高興興地進屋去了。妙道收回衣袖，面色陰晴不定地站了片刻。

他突然抬起手臂，劍指凌空，靈氣流轉，終末一點，眼前的地面上便亮起了一個圓形法陣。

那是締結使徒契約所需的法陣。

他出手抓住渡朔的衣領，把它推進法陣中。

「不就是想要這隻鶴嗎？給妳便是。」妙道對袁香兒說，「必須用我的法陣結契，不許用妳那個改得亂七八糟的陣圖。香兒，妳將來會知道，沒有懲罰和約束的話，這些卑劣的傢伙根本不會真心服從妳，將妳的命令放在心上。」

袁香兒心中大喜，這時候當然不會跟他抬槓：「好的，前輩，都聽你的。」

妙道：「不許給它解開契約，不許把它放回森林裡。」

袁香兒連連點頭：「不放，不放，肯定不放。」

等你一走，我就讓渡朔和胡青回去天狼山，逍遙自在地生活，氣死你！

他們兩人同時朝法陣內注入靈力，袁香兒順利從妙道那裡接收了渡朔的使徒契約。

當她清晰感覺到和渡朔建立起某種聯繫的時候，她欣喜地知道自己謀劃已久的心願終於達成了。

袁香兒看著坐在法陣裡的渡朔，渡朔也正看著她。

第一次見到渡朔的時候，它身披鐐銬，眼中荒蕪一片，了無生趣。

但此刻的渡朔，眼裡有光，有希望，帶著笑。

如果不是怕刺激到妙道，引來不必要的麻煩，袁香兒此刻開心得幾乎想要跳起來歡呼。

「水靈珠。」妙道向她伸出手。

袁香兒將水靈珠的雄珠交給妙道。那顆可以看見雄珠周邊情形的雌珠，依舊悄悄留在自己的衣袖中。

妙道看了水靈珠一眼，收進袖中，不再說話。他甚至沒有和進屋的雲娘打招呼，徑直轉身向外走。

帶來的使徒一個個跟在他身後，竊風想到自己有可能受到的責罰，愁眉苦臉地跟了出去。

皓翰輕輕拍了一下渡朔的肩膀，跟著走出院子。

他們一走，院子裡的大家迅速擁抱在一起，快樂的歡呼聲從每個人心底溢出，灑滿整個庭院。

胡青帶著時駿、三郎、烏圓和錦羽等人從安全處回來後，一聽說成功了，便像炮彈一樣從院門外衝進來，圍著渡朔打轉。

渡朔性情溫和，時常在路途中化身飛禽，載著這些腳力不足的小傢伙飛行。它們都和渡朔十分親近。

「渡朔大人，您沒事了？」

「真是太好了，恭喜渡朔大人呀。」

「以後可以一直和胡青姐姐與渡朔大人在一起玩耍了，終於氣死妙道那個老賊了，哈哈哈！」

「咕咕咕咕，咕咕！」

胡青是第一個跑進庭院的，但它卻提著裙襬站在院門口，只是看著庭院中的一幕，胸膛起伏，眼眶裡亮著水光。

「阿青。」渡朔向它張開雙臂。

那個從小就不管不顧，總是遠遠跑來，一頭撞進自己懷中的小狐狸，這一次卻罕見地克制著自己的情緒。

胡青移動腳步，慢慢走上前，看著梧桐樹下重獲自由的山神大人，眼眶裡噙著淚，眼眸中含著笑，「真是太好了，渡朔大人。」它只是輕輕地說了一句，便轉身離開了，它怕多待一刻，就再也壓抑不住心中那烈烈燃燒的一團火焰，使它噴薄欲出。

此時有風吹過，傳來樹葉的摩娑聲。

渡朔張開雙臂卻沒有抱到自己的小狐狸，它皺起眉頭，只覺得懷中空落落的，莫名有種悵然若失的情緒。

胡青走到袁香兒的身邊，拉住了她的手。

「別哭啊，」袁香兒說，「高興的事。」

「妳這樣說，我就更想哭了。」胡青的眼淚都掉下來了。

「別哭了，晚上我們一起慶祝一下？」風螣和他們擠在一起。

袁香兒：「好，多做一點菜，再喝點小酒，把大家都叫上，熱鬧一下！」

夜晚，院子裡點起了篝火，大家把酒言歡，慶祝渡朔獲得自由。

「師娘，那位妙道真的是師傅的朋友嗎？」袁香兒坐在雲娘身邊，挽著雲娘的胳膊問。

「是啊，以前阿妙常來家裡，妳師傅和他十分要好。後來不知道為什麼，他突然就不再來了。」雲娘回憶起往事，「本來說好要留他吃晚飯，怎麼突然就走了，他以前不會這樣的。」

「師娘，我很不喜歡那個妙道。三郎、胡青和渡朔差一點都被他殺了。」袁香兒把自己雙手的傷痕給雲娘看，「下午我還和他打了一架，打得十分凶險，幸虧師娘您及時回來了。師娘……您以後離他遠一點好不好？」

雲娘聽了袁香兒的述說，看著她手掌上的兩道刀口，心疼道，「怎麼會這樣，阿妙怎麼能這樣！」

妙道到底是一個什麼樣的人呢，便是雲娘也說不上來。

袁香兒能感覺到，相比起對其他人，妙道對她有一種延續自師傅的照顧之意。特別是自己以晚輩的身分稱呼他，而不是喊他國師的時候，他經常會洩露出那麼一絲關照之情。

可是他同樣對自己有一股莫名的憎恨，似乎不願見到自己順遂如意，見到自己和身邊的妖魔們愉快相處的樣子。

總而言之，這是一個矛盾又扭曲的人，殘忍且變態，偏偏還握著可怕的力量，袁香兒不希望自己和他有過多的接觸。

「這裡怎麼這麼熱鬧啊？」一個聲音從院牆外的樹上響起，「還有好多好吃的。」

大家抬頭一看，意外地看見一位熟悉的身影。

「孟章！妳怎麼來啦？站在樹頂上幹什麼，快下來。」袁香兒欣喜地招呼突然來到人間的青龍。

孟章從高高的樹上一躍而下，「我只是路過，順便來看妳一眼。」

它的本體在龍山沉睡，從安全的角度來說，分身也該守在龍山附近才對，怎麼可能

「順路」來到浮世這麼遠的地方呢？

袁香兒也不揭穿它，「手怎麼樣，修好了嗎？」

孟章把自己的手臂給她看，「還不太能動，勉強先補上了。」

時家兄弟壓抑著興奮過來見禮，孟章只是十分冷淡地向他們點點頭。

「妳未免也太冷淡了吧？」袁香兒悄悄問它。

「妳沒當過母親，所以不知道。做家長的就該是這樣。」孟章一本正經地說，也不知道它是從哪裡得來的資訊。

她取出一罐裝在貝殼裡的膏藥，遞給袁香兒。

「這是什麼？」袁香兒好奇地問。

「消除疤痕的靈藥。」孟章用下達命令的口氣說，「等我走了以後，妳替我拿給他。」

時複的眼瞼上有一道很長的疤痕，是他小時候在鬥獸場搏鬥時留下的。那道扭曲的疤痕使他原本俊秀的面孔，看起來有些凶狠，年紀輕輕就留下這樣顯眼的疤痕，使他不管走到哪裡，都免不了被路人多注意幾眼。雖然他嘴上從來不說，心中想來還是介意的。

袁香兒沒聽孟章的，抬手把時複叫了過來，「時複，你來一下。」

時複向這邊走來。

「你母親有東西要給你。」袁香兒說。

孟章彆扭地生氣了，豎起眉頭瞪袁香兒。

袁香兒推它一把，「愣著幹什麼，快給他，人家等著呢。」

孟章只好不情不願地把貝殼放在時複手上。

「給我的嗎？多……多謝母親。」少年高興的聲音響起。

本來撇開視線的孟章，轉過頭看了一眼。

眼前的少年面色通紅，眼睛亮晶晶的，十分珍惜地捧著那個對青龍來說，並不算什麼的藥膏。

收到這麼一點東西就覺得開心嗎？好像挺可愛的，養幼崽也不是那麼無聊的事情嘛。不負責任的母親這樣想著。

「阿香，妳們來一下。」烏圓悄悄喚他們。

袁香兒拉著孟章一起過去。

烏圓攏著大家悄悄說，「阿青讓我們幫它一下。」

袁香兒抬頭看胡青。

胡青的臉一下就紅了，它紅著面孔把腦袋湊過來，貝齒輕咬紅唇，一雙秋瞳悄悄瞥向和南河他們坐在一起的渡朔，終究還是把心中的話說了出來，「大家幫我一下，幫我……灌、灌醉……它。」

「灌醉妳的渡朔大人？妳今天膽肥了？」袁香兒興奮道。

孟章來勁了，「妳想在今天拿下它？」

「我今天真是太高興了，心裡一直砰砰直跳，我管不住自己，也不想管了。」胡青捂住了臉，「今天晚上，我必須和渡朔大人說明白。」

袁香兒端著酒盞來到渡朔身邊，「渡朔，我們來喝一杯吧。」

渡朔站起身，和她碰了一下杯子，一飲而盡，

「阿香，以後我這條命，就是妳的了。」渡朔的聲音很輕，話卻說得很重。

「我要你的命做什麼？」袁香兒給它添酒，「你若是想謝謝我，就和我喝上三杯酒。」

兩位同生共死的朋友坐在梧桐樹下，共飲了三杯烈酒。

袁香兒退回去，飐飈又過來敬酒。飐飈和渡朔本無交情，這次卻特意留下來幫忙，渡朔對它很是感激，來者不拒，喝了數杯。

飐飈面色微紅地回去後，孟章又找上門來……

渡朔的酒量極好，大家輪番敬酒，它始終穩穩地坐著。飐飈已經趴下了，袁香兒

和胡青都有些微醺，幸好孟章是個沒底的海量，抓著渡朔你來我往，終於讓那位穩重端方的男子帶上了酒意。

「我喝得有些多了，容我先告退。」它扶著案桌站起身，化為一隻蓑羽鶴，搖搖晃晃地向榕樹飛去。

沒飛好，半途掉下來一次。

一隻膽大包天的九尾狐狸突然冒出，叼上它就跑。

浪漫的夏日之夜裡，遠遠傳來渡朔無可奈何的聲音，「阿青，別胡鬧，放我下來。」

袁香兒看著跑遠了的狐狸，突然想起自己的小狼，「小南，你今天怎麼沒有喝醉？」她找到了從前一杯就倒的南河。

「我的身體已經完全渡過了離骸期，好像變得不太一樣了。」南河似乎很高興，「阿香，我們倆喝一杯吧。」

「是這樣啊。」袁香兒卻不太開心，「可惜了，少了很多樂趣。」

它不知道，它喝醉的時候在羅帳裡有多可愛。

袁香兒坐在石桌上，撥動著手中的水靈珠，「要不要看看？」她對身邊的朏朧說，「不知道妙道那麼想要水靈珠，到底是為了什麼。」

尯膣：「萬一他正在洗澡怎麼辦？」

袁香兒的臉都綠了。

孟章從後面伸過手來，一把接走靈珠，注入靈氣。深藍色的靈珠從內而外透出亮光，光暈所在之處，現出了另一顆靈珠附近的景象。

那是一間封閉的密室，妙道正伸出蒼白的手指，緩緩解下外袍。

衣袍之外的肌膚年輕白皙，富有光澤，完全看不見歲月的痕跡。但隨著衣袍的脫落，那蒼白的脊背上，卻出現了成片腐壞的斑紋。

那些斑紋腐朽，潰爛，甚至流出膿液，宛如腐敗已久的死物。

「動手。」妙道伸手握住桌沿。

他的身後只有皓翰一人。皓翰出手揮刀，乾淨俐落地從妙道的後背剮下那些腐肉。

妙道撐著桌沿，骨瘦如柴的肩膀顫抖著，一把摘下蒙在面上的青緞。青緞之下的雙目空洞，流出了黑色的溶液，拖在蒼白的臉頰上，像是數道詭異的黑色眼淚。

「看來這具身體快到極限了。」妙道轉過臉對著皓翰說，「你不用高興，我就是要死了，也不會讓你們好過。」

皓翰沒有說話，它取出一瓶靈藥，覆蓋在妙道的傷口上，默默為他包紮，又為他拿過衣物。

妙道接過衣物披在身上，緩緩吐氣，恢復了平靜，「人類的身軀，不論怎麼用靈藥保養，終究不能持久。幸好得到了水靈珠。」

他低頭把玩手中的珠子，嘴角慢慢出現詭異的笑容。

在袁香兒等人的視線中，妙道正用那雙流著黑水的空洞雙目，死死對著他們，露出扭曲的笑容。

皓翰：「主人，即便有了水靈珠，也還需要蒐集不少天材地寶。你應該留在京都，不妄動靈力，方有助於維持肉身。」

「有了這個，就可以去找它。」妙道彷彿沒有聽見一般，抖著手自顧自地說著話，「找到它，煉製長生不死之藥，我就可以擺脫這具惡臭的身體，可以去報仇雪恨，然後永生永世地活著，再也不會這樣痛苦。」

妙道平日裡倨傲而冷漠，頗有一種仙風道骨的模樣。這個時候出現在球體裡的畫面，卻是一個滿面黑色淚痕，笑容詭異，身軀顫抖的男人。

袁香兒收起靈珠，在心裡嘆了口氣：這個人雖然看似強大，其實內心弱小而不自知。

南河請教孟章：「這世上有長生不死之藥嗎？」

孟章搖搖頭：「天地法則，萬物生生不息，除非違背天道，羽化蹬仙，否則如何能有逆天改命之藥。不過……」

它似乎想起一事。

南河急道：「不過什麼？」

「我確實好像聽誰說過，天地間有一物，謂之仙藥，變化愈妙，服之能煉人身體，令人不老不死。這個人是誰呢？」它歪著腦袋思索，一拍手，「對了，好像就是阿瑤說的。」

胡青從外面回來的時候，天已經濛濛亮了。

廚房裡冒出炊煙，南河坐在屋頂上萃取星力，袁香兒正在石桌邊做早課。

本來還在睡懶覺的虺螣和孟章，不知從哪兒聽見動靜，立刻冒出來圍著胡青。

袁香兒：「怎麼樣，成功了嗎？」

虺螣：「看妳這個樣子，肯定是得手了吧？」

孟章：「它同意了嗎？不會是妳強迫它的吧？」

「我怎麼可能勉強它，自然是要它同意的。昨天晚上，我不管不顧地把想說的都說了，其實心裡慌得很。」胡青面色緋紅，雙手捂住發燙的臉，「啊，渡朔大人點頭的那一瞬間，我覺得自己已經死了。」

和這幾位廝混的時間久了，袁香兒對它們有些了解。這些女妖精們羞澀起來，確實嬌羞動人，但其實一點都不影響它們滿嘴跑舌頭。一邊面飛紅霞，一邊什麼都敢說，遠比來自現代社會的袁香兒還要開放。

對它們而言，快樂的事就該和好友分享，從不會像人類女性那樣，因為討論讓自己幸福的祕密，而產生莫名的負罪感。

虺螣的尾巴盤在簷廊的柱子上，探下腦袋來說話：「渡朔大人那樣的美人，一定很美味吧？」

孟章：「它和懷亭是同一種類型呢，總是端方又矜貴，讓人忍不住就想看到他失去理智的樣子。」

袁香兒：「渡朔幽居山林，阿青遊戲人間，我猜還是阿青欺負妳家大人多一點。」

「妳說得沒錯，想不到渡朔大人那樣單純，」胡青面帶春色，眸光瀲灩，「我一整個晚上都不想錯過它任何樣子，在它發出聲音之前，已經對它做了好多過分的事。啊，我真是太壞了。」

「這算什麼，只要你們彼此投契，能讓它和妳都在其中得到快樂，就不叫壞。」

孟章作為一個經驗豐富的前輩發表言論，「只要兩情相悅，就是好事。」

颵膸在柱子上轉了個圈：「聽說食膸一族在歡好之後，雌性甚至會把伴侶吞噬入腹，但食膸的雄性依舊心甘情願地追求那一夕之歡。食色是天道賦予生靈的本能，會刻意去抑制這個的，大概也只有人族了。」

胡青轉頭看袁香兒：「是啊，人族在這方面最奇怪了。特別是女性，竟然會覺得讓自己快樂是一種過錯，她們總是犧牲自己的享受，只為了雄性的快樂而付出。」

「啊，放棄快樂，那還有什麼意義？」孟章不太理解，「難道只是為了痛苦地生出龍蛋來嗎？」

颵膸想起自己在人間的經歷：「是的，他們很奇怪，雖然暗地裡歡喜，卻要公開唾棄這種行為。尤其是女性，一旦表露出自己的喜好，還會被冠於各種不好的詞彙加以羞辱。」

袁香兒連連擺手，「雖然很多人類是這樣，可我不這樣。我每天都努力把小南調教成我喜歡的模樣！」

颵膸拿手掐她，「知道，知道。天天染著南河的氣味到處跑，全世界都知道它是妳的人。」

「人族真的是很矛盾的生物，」胡青笑嘻嘻地壓低聲音，「他們一邊拚命壓抑自己的本能，卻又倒騰出許多有趣的小玩具和圖冊。我在教坊的時候，悄悄蒐集了好多繪製精美的圖冊，妳們想看嗎？」

孟章：「看。」

虺騰：「想看。」

一片嘻嘻哈哈的打鬧中，袁香兒看向端坐在遠處屋頂上的南河。那人雖然背對著這邊，坐得端端正正的，但銀色的長髮上早就冒出了耳朵，耳朵尖還泛著紅色，想來是什麼都聽見了。

小南還很羞澀呢，我必須和它一起研究一下阿青的小冊子。

袁香兒想到南河面紅耳赤、手足無措地翻看那些不可言喻的畫卷時的模樣，心不由又放飛了。

吃早食的時候，渡朔才徐徐歸來。

頂著大家揶揄的目光，不染凡塵的它也難得侷促了一下，卻還是伸出手，將胡青拉在身邊，算是公開承認了二人之間的關係。

袁香兒領著渡朔和胡青走進天狼山，來到一棵巍峨的大樹下，那樹木高聳入雲，華蓋如亭，樹幹中間有一個隱蔽的洞穴，她和南河曾在這裡躲避過妖魔的追殺。

「你們覺得這裡怎麼樣？」袁香兒轉過身問自己的兩位朋友，「這裡靈氣充沛，離我家也比較近。我在樹洞裡放了不少食物和生活用品，還有一些靈石。你們以後可以像虺螣和阿厭那樣，慢慢蓋一棟自己喜歡的屋子……」

胡青打斷了她的話：「阿香，妳這是何意？」

袁香兒看著它們：「渡朔，人類以前對你做了很多不好的事，我為他們的行為感到羞愧。希望你能把人間不好的回憶都忘了，從此和阿青自由自在地生活在這裡吧。如果有空的話，記得來人間找我們玩。」

她在心中默念法訣，想將自己和渡朔的使徒契約解除。但她試了三四次，都不曾成功。

「怎麼回事？妙道還能在這種事上動手腳嗎？」袁香兒低頭查看自己的手訣。

「阿香，妳應該不知道吧？」渡朔看著她，「人妖間結契，需彼此心中都能同意。是以大多數時候，都是人類對妖魔施以百般折磨威逼，迫使其低頭成為使徒。反之也是如此，想要解開契約，若有一方不願，這個契約就解不開。」

袁香兒不太明白。

「我不討厭人類，也喜歡留在人間，家裡那棵梧桐樹便好，我想和阿青一起住在上面。」渡朔認真且誠懇地說，「我和南河、烏圓它們一樣，心甘情願做妳的使徒。」

袁香兒：「可是……」

胡青拉住她的手：「阿香，我也想和妳簽訂契約。逍遙自在的日子確實很好，但也很寂寞呢。人間那樣熱鬧，有許多好吃的。最主要是因為有妳，還有這些朋友，我也想和大家住在一起。」它搖了搖袁香兒的手，「天天彈妳喜歡的歌曲給妳聽，幫著師娘做好吃的給妳，讓我住下來吧，行嗎？」

袁香兒眼眶泛紅，她覺得自己的心房好像被什麼東西填滿了。

這一路走來，長輩的慈愛，伴侶的柔情，朋友的摯誠使一種名為「幸福」的東西填滿了她的心房，甚至多到從心底滿出來。這本是世間最珍貴的東西，她不知道自己為何這樣幸運，能夠得到這麼多，多得讓她得有餘力，捧起這種溫暖的珍貴之物，再將之轉贈給更多人。

孟章悄悄跟去時家兄弟居住的院子，在兩兄弟的挽留下，終於彆扭地同意留下來住上幾天。被時家兄弟好吃好喝地照顧著，學著當起不稱職的母親。

韓佑之鎖上祖宅，和虺螣一起回到了山裡。但虺螣還是隔三差五地帶著他到人世間遊玩，也會順道去袁香兒家中拜訪。

院子裡的梧桐樹上，一隻漂亮的蓑羽鶴正歇息著，胡青時時坐在樹下彈著悠揚動聽的琵琶。

雲娘晾曬衣物的時候，小山貓，小狐狸和小錦雞熱熱鬧鬧地在她腳邊跑來跑去。

兩隻小樹精在院子裡紮穩根，總喜歡坐在院牆上看著街道之外的行人。

南河雖然已經渡過離骸期，依舊勤練不休。它對渡朔口中提到的長生不死藥十分介意，找袁香兒要來水靈珠的雌珠，時時拿出來看一看。

這樣的日子過得快樂又悠閒。

這一日，袁香兒趴在院中的石桌上睡覺，一位鬚髮皆白，面色紅潤的老者，穿著一身華美的綢緞衣物，緩緩走到她身邊。

「醒醒，袁小先生，醒醒。」它笑咪咪地喊。

袁香兒揉了揉眼睛後坐起身，「您是？」

這位老者看起來十分眼熟，她卻一時想不起來。

「妳可能忘了，在妳年幼的時候，我們曾在妳的家鄉見過一面。」老人對她說。

袁香兒頓時想起，在她還只有六七歲的時候，某一天和家裡的姐姐弟弟們走在田埂上，確實有見到這樣一位老者。那時候她還沒拜師，當時除了自己，沒有人能看見這位老者，把她嚇了好大一跳。那之後過沒多久，師傅就到了村子裡，把她收為徒弟，帶回了闕丘鎮。

「原來是您啊。」

「老夫乃是兩河鎮的河伯，妳家鄉門前的那條溪流，和兩河鎮的河水水脈相通。」老者撚著鬍鬚，笑盈盈地說起往事，「當年受自然先生之託，前去妳家鄉尋找它的小徒弟。它說它占了一卦，是一位年紀不大的小姑娘。我順著水路到那裡，一看見妳，就知道是妳沒錯了。」

「原來是師傅請您去找我嗎？那還真要謝謝您了。」袁香兒遇到師傅的故人，覺得萬分高興。

難怪當時在這位老者出現後不久，師傅很快就找到家裡來了。

「先生這些年沒在家，老夫也就一直沒來攪擾。想不到時光如梭，妳已經從一個小姑娘變得這般大了。如今這個院子，還是和先生當年在的時候一樣熱鬧啊。看來小先生很好地繼承了自然先生的衣缽。」

袁香兒不好意思：「哪裡，我之所學不過師傅的皮毛而已。」

那位河伯卻整了整衣袖，恭恭敬敬地給袁香兒行了一個禮，「如今兩河鎮上，有一妖物橫行，禍害百姓。老朽無力驅趕，特請袁先生出手相助。」

袁香兒正要說話，那位老者卻消失不見了。

她一下睜開了眼睛。

正午的庭院裡，蟬鳴聲聲，院門好好地關著，烏圓和錦羽在腳下疊在一起打呼嚕。

除此之外，身邊空無一人。

原來只是一個夢而已嗎？

胡青輕輕拍了拍袁香兒的肩膀：「阿香，妳怎麼了？」

袁香兒看見胡青，才從恍惚中清醒過來，「阿青，我做了一個夢，夢見一個老人，他說他是兩河鎮的河伯。」

袁香兒把夢裡的情形大致說了一遍。

「妳這是被託夢了。奇怪，兩河鎮又不遠，他為什麼不親自來？」胡青在她的身邊坐下，伸手撚起袁香兒脖頸上的南紅吊墜，「阿香，妳用過我的法器，應該有所體會，人類的精神力相比妖魔還要脆弱，容易受妖魔的影響乃至控制。妳的雙魚陣只能護住肉身，一定要對精神類的術法多加小心。」

袁香兒想起自己被白篙和窕風拉入幻境的經歷，「是啊，在精神力的控制上，許多妖魔確實強大有力。窕風甚至能用精神力，構建完整而真實的世界，讓我幾乎沉迷其中脫不了身。」

「妳也不用妄自菲薄，」胡青笑盈盈地把一盆洗好的衣物往晾衣繩上曬，「妳連窕風都能打贏，已經很厲害啦。」

掛在衣繩上的衣物隨風擺動，在石桌上投下斑駁翻飛的影子。

袁香兒摸著這張自己從小就趴在上面的石桌，石頭的觸感冰冰涼涼的，傳來一股和自己溝通相連之意，袁香兒運轉靈力，桌邊石紋便開始流轉，隱隱現出其中的小世界。

自己能戰勝窕風，也是多虧了師傅的相助。如果是師傅的話，聽見河伯求上門來，想必不會坐視不管。

袁香兒伸手幫胡青一起披曬衣物，「我去兩河鎮看看好了，或許真的有什麼特別為難的事。」

兩河鎮與闕丘鎮比鄰，距離並不遠，坐牛車的話一天內都能趕個來回。上一次為了腌臢的事，袁香兒已經去過一次。

她出門的時候，遇到鄰居家的二花。

二花的父親以殺豬為生，在市井上開了個豬肉鋪子，家境還算得上殷實。她一聽到袁香兒要去兩河鎮，立刻提了一副豬下水並兩刀三層肉，託袁香兒帶給她嫁到兩河鎮的大姐。

「大花姐嫁得好人家，應該不缺這些。」袁香兒打趣她。

雖說大花、二花的父母拚命生了幾個弟弟，但對家裡的兩個女孩不算苛刻。為了女兒的幸福，二人給大花挑了個讀書的人家，貼了嫁妝嫁了，聽說丈夫還是個秀才。這對殺豬賣肉的商販人家來說，是難得的好姻緣，談婚論嫁的時候不知道引來多少街坊鄰居的羨慕。

「左右妳替我帶給大姐便是。」二花把打包好的豬肉塞給袁香兒，「妳還不曾嫁人，家裡長輩又寵著，如何知道做人家媳婦的辛苦。」

袁香兒抱著變成小狼的南河，搭上載客的牛車，慢悠悠地往兩河鎮行去。

沿途看著波光粼粼的大河，袁香兒不住和趕車的大叔搭話，打聽兩河鎮的情形。

「咱這兩河鎮啊，沅水和酉水就交匯在家門口，從前都會隔三差五發一次大水。還記得我小的時候，鎮上常常給河神送新娘子，以求平安。讓那十七八歲的大姑娘披上嫁衣，然後放在木板上，推到河中央去。」

趕車的大叔四五十歲的年紀，路上跑得多了，見多識廣，喜歡嘮嗑，什麼都能說兩句。

「那新娘子還能回娘家嗎？」車上一個七八歲的女孩懵懵懂懂地問道。

她的母親按住了她的嘴，輕輕搖頭，「不可妄議神靈。」

「都獻給河神了，哪還能往人間跑呢？」趕車大叔向地上呸了口痰，「每到那個時候，河邊看熱鬧的人群裡三層外三層，新娘子的家人都是拿了錢的窮苦人家，但也還是捨不得，免不了哭哭啼啼地相送。有時候新娘子不肯，掙扎得厲害，還得捆綁起來，當真是可憐。」

「這些年好像沒聽說過了？」車上有乘客問道。

「大概三十年前，鎮上有數十人都夢見了一位白鬍子的老人，還有一位人面蛟尾的男子，說它倆乃是河神，令大家不許再以活人祭祀，鎮上居民這才廢了舊俗，修建河神廟，豎了兩位河神金身在廟中供奉。果然，這些年來風調雨順，水患也少了許多。」

「我曉得，我曉得。我見過外婆家的河神廟，屋頂上有一個金燦燦的寶葫蘆。」牛車上的小女孩興奮地說。

袁香兒繼續打聽，「近來兩河鎮上可有發生什麼大事？有沒有妖魔出沒？」

「哈哈，妳這小姑娘，一個人出門怕了吧？抱一條這麼小的狗子有什麼用？放心吧，咱兩河鎮的治安是出了名的好。大叔給妳載到最熱鬧的紫石大街再放妳下去。」

趕車的大叔果然將他們載到繁華熱鬧的街區，街口就是兩河鎮標誌性建築——河神廟。

大概是風調雨順了多年，廟裡祭拜的信眾並不多，淡淡的香煙中，袁香兒步入了河神廟。

廟裡供奉著兩座神像，其中一人慈眉善目，白鬚飄飄，正是袁香兒夢見的酉水河神。另一人人面蛟身，披甲持銳，威嚴魁梧，乃是傳說中的沅水水神。

袁香兒燃了三炷香，插在神龕前的香爐中，那香煙不凝，隨風潰散。神龕中的神像面容呆滯，感受不到任何靈力可以溝通之處。

到底是有什麼為難事，讓河神都無法解決？他甚至不能說明白，只能匆匆託夢，連真身都沒出現過。

袁香兒在廟中逛了半圈，沒有任何收穫，只得退出廟來。

這條街被稱為紫石街，用紫紅色河石鋪就的地面，已有上百個年頭，厚厚地鋪滿了時光的印記。街道上，一群孩子玩著屬於孩童的遊戲，稚嫩的歡笑迴盪在長長的巷子中。路邊還有小販正賣著糖葫蘆，糖畫，捏麵人等各色孩童喜愛的小吃。

在一群人類的孩童當中，甚至能看見一兩隻化為人形的小妖精，混雜在其中玩鬧嬉戲。

袁香兒很喜歡這樣的市井熱鬧，她抱著南河邊走邊看，為了不引人注目，南河一路化身為小狗一般的大小，任憑袁香兒抱著走路。

「上一回和胐膧一起來，沒來得及逛一逛，這次我們要好好地看看，多買一點好吃的帶回去。」袁香兒朝大花的婆家所在之處走去。

迎面走來一個大腹便便的中年男子，身邊還有一位小妾扶著他的手臂伺候行走。那男子志得意滿，摸著肚皮笑盈盈地走路。卻不知自己的肩頭趴著一隻血淋淋的魔物。擦身而過的瞬間，那魔物突然伸過脖子看著袁香兒，「妳看得見我吧？我感覺妳剛剛看見我了。」

袁香兒面無表情地向前走去。

那魔物伸長脖子看了她半天，這才縮回去，跟著那男子走了。

袁香兒停下腳步喘了口氣。她不太喜歡這這些由怨念滋生的魔物，難纏，無法溝通，外形還恐怖。

「兩河鎮的魔物未免也太多了？還是我們闕丘鎮好，除了兩三隻無害的小妖精，基本沒有這些亂七八糟的魔物。」

闕丘鎮安寧平靜，如世外桃源。乃是因為曾有師傅坐鎮，禍害人間之物不敢隨意進入。

此刻，袁香兒的右手邊是熱鬧的街道，左手恰是一條幽暗的胡同，那胡同既髒又窄，兩側高牆夾道，只能透進一點陽光，是個沒有出路的死胡同。

袁香兒擼著南河脊背的毛髮，突然發覺手中的小狼不太對勁，那毛髮下的肌肉死死地綳緊了。即便揉亂它的毛髮，它們依舊緊綳得像是一塊鐵片。

「怎麼了，小南？」袁香兒把南河舉起來。

銀白色的小狼勾著腳，綳著身體沒有說話。

「怎麼了？」袁香兒搖它。

南河長大以後，身形雄健而矯捷，十分美麗。但袁香兒還是最喜歡它一小團毛茸茸的模樣，時常找藉口讓它變成這個樣子，好抱在懷中肆意揉搓。

「我不是第一次來到這裡。」南河終於說道。

「我知道啊，上一回和虺螣一起來過。」

「上一回也不是。」

袁香兒的笑容逐漸淡下，南河在遇到她之前，只來過人間一次。

她把南河抱在懷中，輕輕揉了揉它的耳朵。

「我從天狼山上悄悄溜到這個鎮上，在這個位置看見一群人類的孩子在玩耍。那是我第一次見到人類。」

天真的小南河變成了人類小男孩的模樣。

一個人類的男孩發現在一旁偷窺的它，「喂，哪來的？會玩毽子嗎，要不要一起玩？」

那個叫毽子的東西，是用一堆鳥類羽毛綁在銅錢上做成的玩具，可以在腳上上下翻飛地踢著。南河學得很快，它迅速成為踢毽子的佼佼者，彩色的羽毛毽子在它的腳踝、肩膀、膝頭，彷彿被牽引著一般地跳躍。引得一群孩子圍觀叫好，齊聲給它數數。

那一刻它真的很開心。它是兄弟姐妹中最小的一隻狼，哥哥姐姐們連打架都不屑帶它。

人間的熱鬧有趣和新交到的朋友，讓它感到無比的快樂。

遊戲結束後，孩子們紛紛取出幾個零用錢，圍著賣零嘴的商販。那些晶瑩剔透的糖果讓南河咽了咽口水，但它不知道該從哪裡得到交換這些美食的錢幣。

「喏，分你一個。」一開始招呼它的那個男孩，手裡拿著一雙竹籤，他把竹籤上一團金黃色黏稠的麥芽糖攪開，分成兩團，遞給了南河一根。

「拿著啊，甜的。」

「啊，給我的嗎？謝謝。」

「謝啥，咱們是朋友了，明天還來這裡玩啊。」

明天還來這裡玩。南河笑著往回走，手裡舉著一團琥珀色的麥芽糖，高高興興地想著。

「就是在這條巷子裡嗎？」袁香兒問它。

南河沉默著沒有說話，它化身為高大俊美的男子，站在巷子口。漫長的時光過去了，自己已經成年，但這條巷子幾乎和一百年前一樣汙濁陰暗，甚至連地磚的裂縫都沒有變化過。

它幾乎可以看見小小的自己被壓在法陣裡，折斷了四肢，那一塊金黃色的糖掉在了泥地裡，被人隨意踩在腳下，它甚至還來不及嘗到那位朋友口中說的甜味。

一隻連指甲縫裡都沾著血汙的手把它提了起來，肆意撥弄兩下，嘿嘿嘿地笑著說，「看我抓到了什麼？原來是一隻幼小的天狼。」

「無論是剝皮煉藥，還是契為使徒，都發了啊，哈哈哈！」

那個時候，它心裡充滿仇恨和怨念，甚至想要殺死這個世界上所有的人類。

一隻柔軟的手摸到了它的臉頰上，南河掙了一下，清醒過來，才意識到是袁香兒在安慰它。

「沒什麼，一百年前的事情，我早就忘了。」它扶著冰涼的磚牆悄悄喘了口氣，向袁香兒露出一點笑容。

「那是你第一次見到人類吧，那些人真是太可恨了，如果我是你，肯定恨死人類了。」

「幸好，第二次就遇到了妳。」

「啊，我那時候好像也沒對你多好……」

袁香兒已經不記得剛開始是怎麼和南河相處的。讓她印象最深刻的，只有一撮硬邦邦的小尾巴，和那總是氣鼓鼓對著自己的屁股。

「妳對我很好，把我裝在籃子裡，再一次帶我進入人類熱鬧的市井中，給我吃桂花糖，還給我繪製療傷的法陣。」

如果不是遇到妳，我可能至今都還憎恨著人類，每天沉淪在殺戮中，成為一個盲目嗜血的復仇者。

那個人握住它的手腕，吻上它的雙唇。南河後退了半步，脊背已經抵上冰涼的牆壁。

「阿香……唔。」

雖然胡同口很昏暗，但街道上的人群近在咫尺，熱鬧喧嘩。

袁香兒的手腕晃了晃，遮天環的光芒亮起一道透明的光圈，將二人的身影、身軀，和逐漸溢出的濃香，收在完全透明的小天地中。

身邊就是人來人往的街道，雖然那些人看不見，但他們的存在依舊讓南河繃緊了神經，感受到的刺激也更加強烈。

「阿香，別在這裡……」

雖然嘴上這麼說，卻已經被自己體內溢出的甜香熏得頭皮發麻，很快就忘記一切，陷進極致的快樂之中。

這條幽深的小巷本來是它一生中難以磨滅的痛苦回憶，但從今以後，快樂的回憶覆蓋了那份深深的刻痕，取代了那份永恆的痛苦。

第八章　反抗

袁香兒和南河找到大花的婆家時，天色已經接近黃昏了。

大花又驚又喜地到院門外來迎接她。

「阿香，妳怎麼來啦。妳看妳，我結婚後妳都沒回來，這下捨得來看我了。」大花又是埋怨又是歡喜，將她往家裡迎。

這是一棟青磚白牆的大院，已經有不少年頭，白牆斑駁，朱漆脫落。橘紅色的斜陽傾瀉在半邊院子中，院子裡有著不少人，都紛紛站起身和進入家門的客人點頭示意。

袁香兒頓在門檻處，差點想要往回走。在那些笑面相迎的身影後，站著一個腦袋巨大，身軀窄小，端端正正地穿著長袍的身影。

那魔物的巨大面孔上，有著細眉和小眼睛，還戴著一頂低品秩的官帽，正跟著眾人一起低頭行禮。

『要我把它吃了嗎？』南河的聲音在她腦海中響起。

『不，它沒有惡意，通常是祖先留在家中守護後代的靈體。我只是被它嚇了一跳，這腦袋未免也太大了。』

「阿香，留在我這裡住一宿吧，妳這個時辰回去，我也不放心。」大花一路挽著袁香兒的胳膊，親親熱熱地說。

大花是家裡的長姐，父母忙著生意沒空管束，從小就帶著弟弟妹妹和袁香兒這一群孩子，上山下河地玩耍，練就了一身結實的身板，圓潤的臉蛋紅撲撲的，氣血充沛，帶著健康的光澤。

她本來就是個活潑又爽利的性子，只是嫁到人口眾多的家族中做了媳婦，不得不拘束起來。

「方便嗎？」袁香兒問。她本來打算在客棧住上一兩日。

「方便得很，我隔壁就有間空房，我娘前幾日來住的時候，剛好給她收拾過。何況我夫君住在書房，幾乎不來我這裡，妳不用擔心。」

她很快就發現自己說溜嘴，在好友面前露怯，略有些不好意思，搖著袁香兒的胳膊，「好嗎？好嗎？我自從嫁到這裡，實在想你們想得緊。」

袁香兒便接受了她熱情的邀請。

既然留下來做客，也應當拜會一下家裡的主母。袁香兒跟著大花穿過前廳，往她婆婆住的廂房走去。

這棟宅院本是一座三進院落，橫梁上的朱漆早已剝落，但從那些雕琢了吉祥圖案的雀替上，依舊可以看出這棟宅院主人的祖先，也曾有過輝煌富貴的時期。

如今宅院裡擠著太多居住不開的子孫後代，大小院落被各自加蓋隔開，就連本該是僕人居住的倒座房，如今都住著一家幾口。

人住得多了，各自燒火做飯，排水倒汙，使得甬道上的路石積了厚厚的淤泥，落漆的牆面被熏得黑黃。衣著寒酸的主婦和光著屁股的小孩，從各家門檻內穿進穿出，顯現出人口眾多卻無力維持祖宗基業的頹然蕭瑟。

後院的天井很小，只能看見小小的一塊天空，正東的屋子被隔成三間，是大花的婆婆和小姑的住所。

屋內昏暗的角落裡，坐著一位乾瘦嚴肅的中年婦人，她用審視的目光將袁香兒的衣服、首飾，以及提在手上的禮物打量了好幾遍，方才不鹹不淡地開口，「既然來了客人，就好好招待吧，晚飯不必過來伺候了。」

這個家連個僕婦都沒有，所有瑣事全靠兩個媳婦一力操持。但因為小兒子考上了秀才，這位婆婆便提前擺起官太太的譜兒了。當初因為經濟侷促而娶的屠夫家的姑娘，如今看起來也顯得百般不順眼。

袁香兒邁出門後，正好聽見屋內傳來大花那未出嫁的小姑的聲音，「娘親也真是的，二哥那樣能幹，遲早是要做老爺的，即便年紀大了一些，也沒必要給他娶個屠夫家的女兒。妳看，這隔三差五上門打秋風的親戚，現在一波接一波地來。」

大花漲紅了面孔，尷尬地拉著袁香兒就走。

「婆婆和小姑雖然嚴肅了一點，但對我還是可以的，她們從……不打罵我。」她給自己找補了一句。

大花拉著袁香兒進了屋，關上門窗，方才鬆了口氣。她請袁香兒在靠窗的茶桌邊入座，獻寶一樣地從櫃子裡拿出各種桃花酥、杏仁餅，並泡了一壺香氣四溢的茉莉花茶。

「快嘗嘗，這是我娘親上回來看我，悄悄塞給我的。我都一直藏著，沒捨得拿出來過。」

「妳這小金庫藏得不錯，待客的點心比妳婆婆那好太多了。」袁香兒和她面對面地坐著，「怎麼樣，妳夫君對妳還好吧？」

大花圓潤的臉上露出了一點寂寞，「夫君自然是好的，只是如今全家上下都指望他考取功名，婆婆令他日日苦讀，夜宿書房，一刻不許鬆懈。不喜他到我的屋裡，我們許多天也說不上一句話。」

「何況，夫君是讀書人，不可能會喜歡我這樣的娘子。」大花嘆了口氣，「阿香，我要是和妳一樣會讀書識字就好了，這樣或許還能跟夫君多說上幾句話。」

袁香兒看著自己的兒時玩伴，明明年齡和自己相仿，卻已挽起了婦人的髮髻，褪下天真青澀，開始謹小慎微地生活在這樣窄小的天地中了。

這真是一個對女性十分不友善的時代，袁香兒鬱悶地拿起桌上的桃花酥。

她突然發現兩個不足手指高的小人正站在桌上，合力搬起一塊桃花酥，躡手躡腳地往窗邊走去。

走到半路，小人的視線正好和袁香兒詫異的目光對上了。

小人猶豫一瞬，彷彿沒想到自己能被看見，慌手慌腳地丟了那塊餅子，揮舞著衣袖從窗臺溜出去了。但它們很快又扒拉在窗邊，露出兩個小腦袋，好奇地看著袁香兒。

「阿香，妳是怎麼想的？」大花問。

「什麼？妳剛剛說了什麼？」袁香兒回過神來，沒聽清楚大花剛剛說的話。

「我說陳雄，也就是鐵牛。妳難道看不出來鐵牛對妳的心意嗎？這麼多年了，妳好歹給句準話。」

袁香兒愣了愣，她這一年都在東奔西跑，這種青梅竹馬時期的情意，她還真的沒怎麼接收到。

「妳也老大不小了，仔細考慮一下。鐵牛哥長得俊，人也踏實，還在衙門裡做事。再也沒有比他更合適的了。」

大花說得正起勁，蹲在袁香兒膝蓋上的那隻白色小奶狗突然扭過頭，衝著她吼了一聲，那聲音又低又沉，不太像犬吠，倒有點像荒原中的野獸，把大花嚇得打了個哆嗦。

袁香兒笑著把狗子提回來，伸手來回捏它的尾巴，直至把它捏得渾身發軟，乖乖地重新趴在腿上。

「我不喜歡陳雄，我有心上人了。」袁香兒一邊摸著南河的毛髮一邊說，這句話說完，她覺得手底下的小南被順毛了，舒舒服服地在她腿上打了滾。

「嬸嬸，我可以進來嗎？」一個稚嫩的童聲在門外響起。

大花打開門，將一位五六歲的小女孩領進來。

「這是我的侄女，大伯家的丫頭，名字叫冬兒。」大花將侄女提到椅子上，毫不吝嗇地把東西分給她吃，「冬兒來得正好，嬸嬸這裡有好吃的。」

想來小女孩平日來得次數多，和大花十分熟稔。她雙手接過餅子後，用一雙黑黝黝的圓眼睛看著袁香兒，不經意地說：「姐姐，妳的狗子好大、好漂亮啊。」

袁香兒十分意外，這還是她第一次遇到能夠看見妖魔本體的普通人。不由讓她想起自己看得見妖魔的童年時期，那時候的袁家村和這裡很像，到處都是混雜在人群中生活的小妖精。

幸好神經大條的大花，並沒有發現小女孩語氣中的漏洞。

袁香兒品著茶，看見冬兒趁人不備時，將一塊桃花酥掰成兩半，悄悄遞給扒拉在窗臺上的小妖精。

兩隻小妖精高高興興地將半塊餅舉在頭頂，飛快地跑遠了。過了一會兒，兩隻小手又從窗臺邊舉起，將兩朵夏日裡常見的野花擺放在窗沿。

大花去準備晚食的時候，袁香兒便問冬兒，「冬兒，妳是不是看得見？」

小女孩一邊吃著點心，一邊戒備地看著她，不說話。

「姐姐和妳一樣，從小就能看見它們呢。」她舉了舉南河的一隻爪子，「這位叫南河，是我的好朋友。」

小女孩這才低垂下眉眼，輕輕「嗯」了一聲。

「那妳告訴姐姐，最近兩河鎮上有沒有發生奇怪的事情？」

「有的，妖魔……變多了。河神不見了。」

「河神不見了？什麼叫河神不見了？」

「就是不見了，沒有了，看不到了。」五歲的孩子盡自己所能地表達。

晚食之前，大花的嫂子來接冬兒。這位嫂子雖然衣著樸素，但言行間恪守禮儀，透著一股女子的溫馴和婉。

「又麻煩弟妹了，冬兒最喜歡弟妹妳了。聽說有客人來，不曾想是這樣漂亮的妹妹。」

她從懷中掏出一個手繡精緻的小荷包，遞給袁香兒，「大花時常提到妹妹，初次見面，一點見面禮，拿不出手，還望莫怪。」

袁香兒連聲稱謝後接過，荷包的繡工了得，上頭還繡著一條錦鯉，尾鰭搖曳的樣子活靈活現。奇怪的是，就著光線看去，魚背上似乎生出一對翅膀，揉揉眼睛卻又看不清了。

夜晚，袁香兒睡在客房。大花提著洗腳水伺候完婆婆就寢，又將消夜送去夫君的書房，忙完各種家務後，這才一下鑽進袁香兒的被窩中。

「真好，阿香，謝謝妳來看我，我都不知道有多久沒有像這樣，和姐妹們一起睡覺了。」她抱著袁香兒的脖頸撒嬌，「妳的狗子呢，要不要把它抱進屋裡？看妳稀罕的，一路抱著都不離手。」大花問。

「不，不必了吧，它大概在屋頂上。」

大花看著暗夜中的房頂，「阿香，我出嫁的時候，母親哭成了淚人兒，我那時還不明白，直到我嫁進來才知道母親為什麼哭。母親是捨不得我去別人家吃苦。」

即便是她這樣的婚姻，在很多姑娘眼中，已經算是難得的好姻緣。有誰嫁人之後不用照顧公婆，操持家事，從早忙到晚呢？

「做別人家的媳婦真是不容易，」大花在暗夜中嘆息一聲：「真想回到出嫁之前，永遠待在父母身邊做女兒啊。」

袁香兒：「這個世上的所有女孩，都生活得太辛苦了。」

「阿香，我真羨慕妳，妳知不知道我們所有人都羨慕妳。能讀書，能識字，能到處看看。甚至……還可以挑選自己喜歡的人。」大花躲在被子裡，眼眸亮晶晶的，「妳說，很久以後，會不會有那麼一天，所有的女郎都能和妳一樣啊？」

「會的，我向妳保證，女郎們總會迎來被公平對待的一天，這個時間不會太久，大概一兩千年就夠了。」

「一兩千年還不叫久啊？阿香，妳真是太壞了。」

夜深人靜之時，突然傳來幾聲男子粗魯的咒罵聲，和碗碟摔碎的脆裂聲。

「是大伯，我夫君的兄長回來了。」大花在黑暗裡輕輕說道，「他這個人喜歡喝酒，回來後老是這樣，可憐我大嫂，那麼溫柔的一個人。」

暗夜裡，拳腳交加的聲音和辱罵聲響個不停，卻沒有聽見受害者的隻言片語，彷彿只是夜晚中可笑的一場獨角戲。

這就是大花覺得自己還算幸福的原因，因為她的夫君不曾動手打她。在這個世界，男子被賦予過度的權利，以致於只要他們沒有行使這種暴行，就會被認為是一位好夫君，好姻緣。

屋頂的瓦片上傳來細不可聞的走動聲，緊接著是一聲轟然巨響。

「哎呀，天降隕鐵，把阿大的屋頂砸了個口子。」

夜已三更，張林氏默默打掃著地面的瓦礫，她又讓許多人看了自己的笑話，相比起身體上的疼痛，她其實更介意第二天頂著一張腫脹的臉，面對這一院子親戚的指指點點。

屋頂被從天而降的隕鐵砸了一個洞，那沒有燒盡的隕鐵此刻還嵌在屋子的地板上冒著黑煙。而她的男人不過在最開始的時候受到驚嚇，停止對自己施暴，此刻已經自顧自地躺在床上呼呼大睡了。

雖然突如其來的意外損壞了屋頂，但林氏卻覺得慶幸，如果不是這個意外打斷她的丈夫，她不知道正處於興奮狀態的男人，會將他的暴行延續到什麼時候。

林氏直起疼痛的脊背，看著一片狼藉的屋內。這間貧瘠的臥房裡沒有多餘的裝飾，唯獨掛在牆上的一幅水墨畫卷。

畫卷上畫著一條大河，野水春江，淡煙衰草，近處是萋萋莖草，對岸的雲霧裡隱隱露出仙山樓閣的一角，最惹人注目的，還是浩瀚煙波中一條自由擺尾的小巧鯉魚，那魚游動在江心，青黑色的魚身，額頭一抹殷紅，有它的存在，使得整張寡淡的畫面鮮活而靈動。

林氏盯著那一抹紅色看得有些出神，她不記得這幅畫是什麼時候掛在家裡的。只不知為何，這些日子裡，她時時夢見畫卷中的這條魚，以致於自己近日所有的繡品，全都習慣性地繡成了鯉魚。

雖說沒有人能知道她夢中的那些畫面，但哪怕只是平白地想想，也足以讓林氏羞愧難當。

從小父母在禮教方面對她管教甚嚴，自從嫁入張家之後，她恪守婦德，謹小慎微，以夫君為天，從未踏錯過半步。

但不知道自己為什麼會做那樣的夢，在那些夢裡，那條靈活的鯉魚從畫卷中慢慢游出，來到她的身邊，化為一位年輕俊美的郎君，同她肌膚相親，交頸而臥。

那人夜夜在她耳邊溫言細語，說出令人心神蕩漾的話。

林氏捂住了臉，她深感自責，在心底唾棄自己的放蕩荒唐。但又不得不羞愧地承認在那個夢境中，她得到了從未有過的歡愉。

那條魚是那樣溫柔而細緻地纏著她，她甚至能清晰回憶起它那冰冷的手指，留在自己肌膚上的觸感，冰冷又滑膩，就像一條真正的魚，讓她為之顫慄，墜入深淵。

林氏抬起頭，看向酣睡在床榻上的夫君，滿身酒氣，連鞋襪都不曾脫，剛剛打過妻子的他，此刻大大咧咧地在床上睡得正香。

林氏嘆息一聲，像從前一樣打來熱水，幫自己的丈夫清理頭面，脫鞋更衣。

在替丈夫脫去外袍的時候，一抹刺眼的脂粉明晃晃地染在酒氣熏天的裡衣上。

林氏收回了手，她的夫君喜歡流連煙花之地，已經不是什麼稀罕事了。

一開始的時候，她也曾想抗拒。

母親卻總是苦口婆心地勸她，「聖人有言，生為女子，卑弱第一，既已嫁了夫君，唯敬順之道，方是婦人之大禮也。」

「孩子，多忍一忍，時日久了，女婿明白了妳的好處，自然敬妳愛妳。」

婆婆卻指著自己的鼻梁唾罵，「男人在外面應酬，乃是為了這個家。妳不知細心服侍，反倒要吃醋忌妒，為其亂家也，乃是七出之一，仔細我家大郎發起火來，把妳打發出去。」

從此林氏就再也不敢說些什麼了。

此刻她看著躺在床榻上的男人，鬆垮垮的皮膚，肥碩的肚子，一個被酒色掏空了的皮囊，卻能對自己動輒拳腳交加，汙言穢語相向。

對於這種生活，唯一能做的只有毫無休止地忍著，還被要求溫順、勤勉，不能忌妒。這樣的日子到底要過到什麼時候？或許忍個一二十年，等她生了兒子，兒子娶了媳婦，自己也熬成像婆婆那樣的女人，還會把這些積壓下來的火氣傾瀉到自己的兒媳婦身上。

林氏後退了幾步，恰巧摸到那幅畫卷。畫卷上的游魚就在她的手邊，巨大的魚身，額頭一抹豔紅，幾乎就要跳出畫面一般，那烏溜溜的眼珠直直地盯著她看，把她嚇了一跳。

這條魚從一開始的時候，就這麼大了嗎？

它什麼時候變到了這個位置？

「既然過得這般辛苦，又何必委屈自己？跟我來吧，一起快活去。」男人誘惑的嗓音從畫面內響起。

林氏撚著手絹跌坐在地上，她想要逃，卻又挪不開腳步。眼睜睜地看著那條大魚慢慢游動起來，巨大的魚頭從畫布中探出，漆黑的魚眼居高臨下地望著她。

那條魚向著她張開圓形的大嘴，一口將她吞下。

袁香兒睡得不太安穩，她在睡夢中總能聽見嘩啦啦的水聲。袁香兒睜開眼睛，發現自己身在一條煙波浩瀚的大河邊上，蘆葦地裡，一位白衣老者坐在江邊垂釣。它的身側還有一條青黑色的鯉魚，懸浮在空中慢悠悠地游動。

袁香兒知道自己大概是身在夢中。

「河伯。」她來到那位老者的身邊，「我已經來到了兩河鎮，你有何事要和我說，你如今又身在何處？」

那老者卻宛如沒有聽見一般。

他笑咪咪的，悠然自得，垂釣江邊，一手支著下頷說話：「我說丹邏，你不要吃人類好不好？」

那條游動在空中的魚轉過身來看向他們，袁香兒這才發現，魚的頭口之處染著鮮紅的血色。

「為什麼？我想要吃東西，人類和其他生靈又有何不同？老虎和野豬可以吃，人類自然也可以吃。」那條魚的肚子裡發出悶聲悶氣的聲響，「何況，是他們自己把同類獻祭給我的。」

「但我曾經好歹也是人族，你要這樣吃我的同胞，我只好離你遠遠的。」河伯說道。

丹邏在空中游了一圈，又一圈，終於開口，「活了太久，總覺得很寂寞呢。難得有個能說上話的，算了，在你還活著的時候，我不吃人類便是。」

河伯便笑了，「那就謝謝你啦，我的朋友。」

袁香兒是被一陣細微的敲門聲吵醒的。

她睜開雙眼，大花已經去開門了。天還未亮，漆黑一片的屋門外，站著臉色蒼白的小姑娘冬兒。

「冬兒，妳怎麼來了？」大花把小侄女領進屋內，「大半夜的，怎麼一個人過來了？」

「嬸嬸，我……我睡妳這裡好不好？」小姑娘顯然受到了驚嚇，哆哆嗦嗦地抖個不停。

大花把她抱上床榻，讓她睡在自己和袁香兒中間，輕輕拍著她的後背，「怎麼了，是不是被妳爹那個莽漢嚇著了？別怕別怕，今晚就和嬸嬸還有阿香姐姐一起睡。」

小姑娘在薄毯中蜷起身體，小小的身軀瑟瑟發抖，「不是爹……是娘親……」

她細小呢喃的聲音被黑暗淹沒，睏倦中的大花和袁香兒都不曾聽見。

天亮後，大花早早就起來打掃院落，燒水做飯，忙得不可開交。

袁香兒在早飯前，看見了她的那位夫君。常年埋頭苦讀的書生，有些斯文柔弱，遠遠地和袁香兒點頭行禮之後，便匆匆離開了。

大花收斂了跳脫的性子，規規矩矩地站在門外和他說話，帶著幾分恭敬和拘束，將一盒剛蒸好的點心遞給他，目送他去了書房。

在袁香兒的眼中，這個男人的後腦杓扒拉著好幾隻無傷大雅的小妖魔，無形的重量壓得他佝僂了脊背。

這大概是一個心中有些怯弱且壓力極大的男子。當人的氣勢弱了，感到惶恐不安的時候，小妖魔們會更喜歡蹲壓在他肩頭上欺負他。

大花回來後，袁香兒揶揄道：「妳和妳夫君說個話而已，那麼緊張幹什麼？都成婚大半年了，還害羞不成？」

「妳不曉得，自打夫君考中了秀才，全家人都指望他高中，日日有人垂盼過問，搞得我也跟著緊張了起來。」大花嘆息一聲，「我心裡既盼著他上進，又害怕他真的中了舉，做了官，那我這樣屠夫家的女兒，怕是在他眼中更上不了檯面了。」

「妳別總是嘆氣，就我來這麼一天，妳都嘆了多少氣了。」袁香兒像兒時一樣拍她的肩膀，「連妳都覺得緊張，只怕妳夫君心中壓力更大，我覺得妳應該多鼓勵他，而不是恭恭敬敬地捧著他，這樣反而會增加他的壓力。」

「是這樣嗎？夫君讀聖賢書，我這樣一個粗人，怎生有資格鼓勵他？」

「大花姐是我們這群人中最好的女孩子，別看不起自己。妳聽我的，拿出從前那個勁頭來。你們已經是夫妻，我覺得他很需要妳的鼓勵。」

和大花一起用完早食，袁香兒準備帶上南河再去河神廟逛逛，驗證一下昨晚那個不明不白的夢境。

冬兒的母親林氏款款穿過耳門，過來接她女兒回去，「冬兒，跟娘親回去吧。」林氏的笑容溫和而慈愛。昨夜她丈夫的酒後施暴，似乎沒有對她造成什麼影響，她看起來不但不顯疲憊憔悴，反而容光煥發了起來。

昨日袁香兒見到她的時候，她還習慣性地含胸駝背，低垂眉眼。此刻卻挺直了腰肢和脖頸，語笑嫣然，泰然自若地和人行禮交談，彷彿驟然開放的花，平添罕見的神采奕奕，但冬兒卻一反常態地縮到大花的身後。

「妳這孩子，這是怎麼了？不能一直煩著嬸嬸，跟娘親回去吧？」林氏語氣溫和，低下白皙的面龐看著自己的女兒，伸出手拉她。

五六歲的小女孩彷彿看到了什麼恐怖的怪物，拚命搖頭，懼怕地躲開了。

『南河，昨天的屋頂是你砸的吧？有沒有察覺到什麼？我覺得有些奇怪。』袁香兒聯繫還在屋頂上的南河。

『沒有，她看起來是個人類，但好像又有什麼地方不太對勁。我不擅長分辨這個，要是烏圓在的話，一眼就能看出來。』南河的聲音傳來。

『是啊，我也覺得張林氏和昨天不太一樣了。但又不知道哪裡不對。』袁香兒有些遲疑。

「林嫂子，冬兒大概是昨晚嚇到了，我正好要出門，不如讓她跟著我去散散心。」袁香兒笑著對那位張林氏說，口裡是商量的語氣，手上卻已經把冬兒牽到自己身邊。

背著清晨的陽光，林氏的笑容顯得有些僵硬虛假。

她張了張口想要說話，卻看見一隻銀白色的天狼從空中落下，跳進袁香兒的懷中，用冷冰冰的眼眸看著她。

「這樣啊……」林氏後退了一步，「那好吧。」

袁香兒抱著南河，牽著冬兒往大門外步行。

袁香兒想起昨夜夢裡吃人的怪魚，忍不住開口問道，『小南，我問你，如果我們彼此不曾認識，你是不是也會吃人類？』

『渡過離骸期之前，我需要大量捕獵進食。雖然不會濫殺，但捕獵的時候，人類和其他動物對我來說，並無高低之分。』

『那麼現在沒吃，只是因為我嗎？』

『嗯，因為我喜歡阿香，所以喜歡上所有的人類。』

袁香兒第一次真切地意識到，對很多妖魔來說，人類不過是食物鏈中的一環而已。她從小居住的闕丘鎮安靜祥和，不曾見到過度的血腥陰暗，大概是因為有師傅這樣強大的妖魔在那裡居住著。

一路行走看去，治安最為穩定的京都，也是因為有國師妙道坐鎮的緣故。

這樣看來，有強大妖魔約束或者是有人類強者居住的地方，肆意吃人的小妖魔就會比較少。

兩河鎮從前也一直是個安靜的鎮子，只因為有河伯管束的緣故。

但現在，這裡的街道上隨處可見新滋生的小妖魔。

難道曾經鎮守此地的河神真的不見了？

兩河鎮地處交通樞紐，商業繁華，市井熱鬧。

難得的是這裡的街道還保持著整潔有序，治安環境也好。不僅少有偷雞摸狗的小賊，連在路邊行乞的乞丐都不多，附近的商販喜歡在這個鎮上聚集，做點穩妥的生意，顯然治理此地的地方官是一位能吏。

袁香兒等人順著街道行走，快到河神廟的時候，看見一間藥鋪裡的大夫正提著藥箱，被一位病人家屬急切地拖著，匆匆忙忙地向外跑去。

一旁看熱鬧的路人議論紛紛：

「這又是哪一家？近來得這個病的人可真多啊。」

「是街口老吳家的獨子，昨夜還好好的，今早卻像失了魂魄一般，無緣無故昏睡不醒。家裡如今亂成一團，慌腳雞似地四處請大夫呢。」

一位老者拍著手嗟嘆：「看看這都是第幾位了，請大夫根本就沒用，要我說，還是得請高人來看一看才是。」

「誰說不是呢，」他身旁之人說道，「聽說縣尊大人請了昆侖山內清一教的法師，如今正在河神廟附近查看呢。」

「哦，為何是清一教的法師？」有聽眾好奇了，湊過頭來議論，「這般大事，怎生不請國教洞玄教的真人？」

先頭說話那人壓低了聲音：「你們也不想想，一旦驚動了洞玄教，就等同於讓官家知道。如今三年一度的大考將近，我們鎮各方面績效本做得十分漂亮，縣尊老爺們如何肯在這個節骨眼，讓這些糟心事上達天聽？自然是要暗暗壓下來才好。」

眾人露出恍然大悟的神色。

袁香兒聽到這裡有些詫異，清一教是個和洞玄教風格截然不同的教派。相比洞玄教的作風強勢，聲名顯赫。清一教的教眾多隱居昆侖山內苦行清修，即便偶有弟子在江湖行走，也有如野鶴閒雲，行蹤不定。除非機緣巧合，否則很少人能請得動他們出面。

袁香兒在處理仇岳明將軍一事之時，曾在漠北遇過一位清一教的修士，那道號清源的修士有著一位獅身人面的使徒，曾用駐顏丹和延壽丸向袁香兒換取南河，一直讓袁香兒記憶猶新。

到了河神廟附近，果然廟宇的路口處已經有縣衙的衙役封鎖出入口，看熱鬧的老百姓在外面圍了裡三層外三層。

「這失魂症和河神廟有啥關係啊？為什麼法師來了不去病患家中，卻來這座小廟？」

「這些法師的行頭也太寒磣了吧，該不會是騙錢的神棍？」

「不至於，縣令大人素來英明，我等草民安心看熱鬧便是。」

也有人和自己一樣，察覺到河神廟的不對勁之處嗎？袁香兒牽著冬兒擠在人群中。她進不去，遠遠也看不清楚，南河便從她懷中跳下來，踩著屋頂躍到高處去了。

「冬兒能告訴我，為什麼說河神大人不見了嗎？」袁香兒蹲下身子問身邊的小女孩。

冬兒想了一下，「姐姐，妳也能看見對不對？以前娘親帶我來河神廟，我常常看見一位白鬍子老爺爺，還有一位穿著黑衣服的叔叔在廟裡下棋，但其他人卻看不見它們。我覺得那就是河神，可是最近它們卻不見了，整間廟也死氣沉沉的。」

「冬兒昨夜是被妳父親嚇到了嗎？」袁香兒摸摸小女孩的腦袋安慰她，通常這般年紀的孩子直面家暴的場面，都容易在心中留下陰影。

冬兒猶豫了片刻，「不，不是父親，是娘親，」她抬起頭看著袁香兒：「娘親她似乎變成了另一個人，昨天晚上……」

她正要說下去，河神廟內卻傳來一聲喝斥，「哪來的妖魔，大膽！」

只見那廟宇中的一位法師縱身上了屋頂，那法師身穿水合服，腰束絲條，手持紋古銅劍，腳蹬多耳麻鞋，臉上還有著長長的掩口髭鬚，果然有點世外高人的模樣。

他一手持劍，一手駢劍指，如臨大敵地對著蹲在屋頂上的銀白色小奶狗。

那隻小狗翻了個白眼後從屋頂上躍下，仗著身材嬌小，迅速擠入人群中，直接消失不見。

「呔，妖精哪裡跑！」法師大喝一聲，躍起直追。他在飛奔的過程中，不慎撞倒了幾個看熱鬧的百姓，沿途留下一路的道歉聲，「對不住老鄉，對不住啊老鄉！」

「哎呀，撞到人了！」

「法師怎麼追著狗跑了？」

「該不會真的是神棍吧？」

一氣便追出城外數里，那位留著長鬚的法師這才追上南河。

「看……看你往哪兒跑！」它氣喘吁吁地拿著劍，指著眼前那隻小小的狼妖。

那隻不知什麼品種的小狼，在白茫茫的蘆葦地裡轉過身來，一臉淡然地看著他，明亮的天色忽然暗了一下。

天門開，白晝現星辰。

奶狗一般大小的小狼，身後拖出一個巨大古樸的獸影。

法師心生懼意，知道自己遇到了前所未有的強敵，但這個時候總不能轉身逃跑。他只得咬咬牙，祭出隨身法器，正要發動攻擊。

「等等，且莫動手。」遠處一男子騎著一頭類似雄獅的魔物，優悠游哉地從白色的葦花中飄渡而來。

走到近前，才發現那是一位十分年輕的法師，同樣是一身簡陋的水合道服，腰束絲條，腳穿麻鞋，頭戴青斗笠。

若是袁香兒在此地，多半會說一聲「好巧」。這位法師正是她之前在北境遇過一次的那位清源。

年逾半百的長鬚法師見著這名年輕的男子，卻恭恭敬敬地低頭稱了聲：「師傅。」

「我說虛極啊。」那位清源真人一腿盤踞，一腿垂掛，坐姿悠閒，「你跟著我修習了這麼多年，連使徒都分辨不出來嗎？這位和此事無關，它是別人家的使徒。」

名叫虛極的法師大吃一驚，這才認真看去，果然在狼妖的眉心發現了一閃而過的結契法印。

清源騎在妖魔的後背，繞著南河看了片刻，「咦，上回見面，你還處在離骸期，想不到這麼快就成年了，真是優秀啊。」

他摸著下頷，認真看著南河，「你願不願意做我的使徒？你若是願意，我能不惜代價，從你主人那裡將你換過來。」

「不。」南河只說了一個字。

「別拒絕得那麼快嘛，隨我回昆侖山，那裡日日有好吃的，可以天天泡溫泉，我派遣專人為你梳理毛髮，按摩肌膚……」

「不。」

「她有那麼好嗎？」清源不死心，「你看看我啊，我有什麼地方比不上你的主人？我長得這般好看，活得還比她長。」

「活得比她長」這句話精準戳中了南河，它忍不住抬起頭來。清源看起來十分年輕，卻有著四五十歲的徒弟，想必是有延壽的祕術。

清源把握住它這一瞬間的心態變化，「即便她再好，也陪不了你多少時間。來我這裡吧，我不一樣，我還可以陪你們走很長的路。」

他彎下腰，向著地面上的小狼伸出手臂。

「我說這位道友，想趁別人不在的時候，偷偷撬走別人的使徒，未免也太卑劣了吧？」袁香兒及時趕到。

她憤憤地瞥了清源一眼，向著南河伸出手。南河小跑幾步，跳上她的手掌，被她攬進懷中。

清源露出失望的神色，信手向袁香兒打了聲招呼：「好巧啊，上次匆匆別過。不曾想會在這種地方，與道友再次相遇。」

袁香兒回了一禮，「我的住處離此地不遠。道友可能告知，兩河鎮上到底發生了何事？」

「當然可以，」清源說起自己從地方官員處打聽到的消息，「數日前，此鎮上的居民突然毫無緣故地昏迷不醒。縣令因而求到昆侖來，我便前來看看。」

他說到正事，吊兒郎當的神色終於略微正經，「我查看了那些病患，無一不是失了魂魄，只留一具會喘氣的肉身罷了。若是查不出緣故，這些人過不了幾日便會枯槁而亡，時間很趕，我們也還沒獲得新的消息，有些棘手。道友若是也對此事感興趣，可以和我們互通有無。」

就在袁香兒和清源討論失魂症的時候，張家大郎也從宿醉中醒來了。

那個男人捂住自己頭疼欲裂的腦袋，看著滿地狼藉的家，腳步虛浮地往外走。地面上許多瓷器的碎片，都是他昨夜發火時砸的，還有那突然從天而降的隕鐵，竟然砸破了家中的屋頂，現在還鑲在地板上。一整夜過去了，家裡還這樣凌亂，男人心中不由升起了怒火。

或許在他第一次對妻子動手的時候，心中還有一些愧疚之意。妻子柔順且無力反抗，自己則漸漸從中發現了肆意發洩的樂趣。一無所成的他彷彿從肆虐的暴力裡，找回了作為男人的自信。

那就繼續吧，反正發洩情緒並不需要承擔任何後果，對方也逃不出自己的手掌心，

「真是晦氣，」他看著漏洞的屋頂說，「不知是誰招來了這樣的霉運。」

他走了幾步，看見自己的妻子正平靜地坐在梳妝臺前。

「臭婆娘，妳的夫君醒了，也不知道上前伺候，還大大咧咧地坐在這裡？」他幾步走上前，揚起手掌就想要給林氏來一下。

手腕卻在空中被人抓住了。

抓住他手腕的人，竟是自己一向溫馴賢良的妻子。

妻子的肌膚很白，手指握在自己的手腕上，那一點柔弱的白皙便分外顯眼。但那本該柔軟的手指，此刻卻像是鐵鉗一樣，死死箍在他的手腕上。

「怎麼回事，妳……放手，先放手。」張大郎手腕吃痛，氣勢便弱了，心虛地喊了起來。

林氏只是握著他的手腕看他，青蔥玉臂，玲瓏搔頭，淡淡一笑豔明眸。

他的妻子素來端方古板，即便夫妻之間的情事也十分放不開，遠遠比不上花街那些小娘子嫵媚。張大郎何曾見過她這樣的神采嬌柔，一顆心頓時癢起來。

他放柔了聲音，「娘子，妳且先放手，我不打妳便是。我們一同回榻上，做點快活的事。」

林氏笑得更明媚了，她握住張大郎的手腕，慢慢把他拉向自己，突然間一反手將他按在地上，「你不打我了？可是我答應過她要榛你一頓啊。」

「放……妳且先放手，妳抓疼我了，咱們回榻上，妳想要怎麼個調調，我都由著妳，嘿嘿。」

林氏伸手拿起梳妝檯上一柄裁衣物用的木尺，在手中掂了掂，「這可是你說的啊。」

厚厚的尺子攜勁風，狠狠地抽在張大郎後背。

張大郎發出殺豬一般的嚎叫聲，但他那位素來溫柔的妻子，卻撿起地上沾滿汙穢的外衣，一把塞進他口中，堵住他的聲音。

「別那麼快就開始喊啊，夫君。你平日揍我的時候，我可都沒有喊過呢。」

柔韌的木尺放在這個女人手中，竟然變得像鐵條一般堅韌。一下又一下地抽在張大郎的脊背和雙腿，痛苦卻又死不了人，打得那裡一片血肉模糊。

張大郎一生懶散，文不成、武不就，招貓逗狗混到這般年紀，何曾受過這種罪？他疼得涕淚直流，想要反抗，但壓著他的女子力道奇大，使他毫無掙扎的空間。想要求饒，無奈口中堵物，只能發出嗚嗚的悲聲。

到了這一刻才明白，被人按在身下欺負，無門投告是一種什麼樣的滋味。

身邊的女子彷彿毫無感情的生物，素著一張面孔，手中的木尺雨點般地落下，疼得他死去活來了無數次，那痛苦彷彿永無止境一般。

「嗚……嗚……饒命，再也不敢了。」張大郎哭著用眼神討饒。

直至木尺斷為兩截，林氏才停下動作，站起身來。

張大郎臉上掛滿鼻涕和眼淚，哆哆嗦嗦地看著眼前的女人，祈求她的怒火盡快熄滅。

只要過了這一關，過了這一次，我一定把這個瘋女人休了。他在心底恨恨地想著。

「真是無趣啊，這樣的男人有什麼意思呢？」

張大郎聽見空中傳來奇怪的聲音，那明明是從妻子口中發出的聲響，卻像是另一個人。

那人彎腰把他提起，絲毫不顧他的請求，把他一路拖過瓦礫遍地的地面，推到了床榻上，「不是想和我做快活的事嗎？」

那張熟悉又陌生的面孔彎下來看著他，紅唇嬌豔，如飲鮮血，「現在就送你去極樂世界吧？」一個男子的聲音在空中響起。

張大郎覺得有一股強大的力道扯著他向前，他彷彿離開了身軀，渾渾噩噩地飄向前去，被吸入了一個漆黑的無底深淵。

第九章　短暫

回城的路上，南河化為人形，將年幼的冬兒背在後背，和袁香兒並肩慢慢地往回走。

冬兒有些怕它，但因從小柔順慣了，不敢拒絕，只能僵著小小的身子趴在南河的背上。

袁香兒打開一包剛在鎮子上買的桂花糖，拿出一顆哄她，「這是周記的桂花糖，來，張嘴。」

冬兒的眼睛亮了，畢竟還只是個五六歲的小娃娃，忍不住甜味的誘惑，張嘴接受了袁香兒的投餵。嘴裡吃著東西，人也漸漸放鬆了下來。

袁香兒又拿一顆餵南河，手指還來不及收回，就被那個男人咬住了。那有些尖的犬牙叼著她的手指，微微咬了咬，溫熱的舌頭還膩著指腹勾了勾，方才放她出來。

小南這麼快就學壞了嗎？

自己不過是陪別人睡一晚而已，就要在這裡咬自己一口才高興嗎？

『妳以為冬兒在，我就不敢怎麼樣嗎？』袁香兒似笑非笑的聲音在南河的腦海中響起，『看我不抓到你，當眾打你屁股！』

南河是不可能讓她抓住的，它害怕袁香兒真的會像她說的這麼幹。

冬兒趴在那寬厚的肩膀上，看見眼前那一頭銀色捲髮上，突然鑽出了一對毛茸茸的耳朵。

背著她的那個人飛快地跑了起來，身後留下袁香兒笑鬧的追逐聲。

周圍的景物退得很快，但似乎是因為考慮到她，這個人的脊背始終很穩，它很快跑進了一片灌木林，停在一棵開滿芙蓉花的木芙蓉樹下，轉過臉向來路看去。

樹枝的枝頭墜著一朵朵嬌豔動人的芙蓉花，樹冠之下的人，琥珀色的眼眸映著繁花，如畫的眉目染著快樂，瓊玉堆成的臉頰在夏日的陽光中熠熠生輝。

那種從心底洋溢出來的歡愉十分有感染力，使得冬兒那顆惶恐的心，漸漸變得安定。

她很清楚背著自己的這個男子不是人類，而是一隻銀白的大犬或是白狼。

從小就看得見妖魔的冬兒，其實沒有那麼害怕這些和人類迥然不同的生靈。相比起它們，喝醉的父親和坐在陰暗的角落、對母親冷嘲熱諷的奶奶，更令她發自內心地覺得恐怖。

她從懂事開始就明白，因為自己是女孩，奶奶不時為難她的母親，父親也不太喜歡她。

院子裡的堂哥堂姐們時常坐在他們父親的肩頭，高高興興地出門逛集市、看花燈。而她卻沒有過這種記憶，哪怕一次都沒有。

在她大部分的記憶裡，自己只能坐在母親身邊，默默看著母親日復一日地重複著枯燥無味的勞作。

想不到第一次把自己背在背上的，竟然是妖精呢。

原來在高處的感覺是這樣啊，冬兒伸出小小的手去搆枝頭一朵淡粉色的芙蓉。她摘了一朵，還想要，卻因為手短搆不著。一隻寬大的手掌從旁伸過來，折下那朵最漂亮的芙蓉花遞給她。

「想要這個？」南河好聽的聲音響起。

「嗯，還要一朵。」

「這個嗎？」

「還要一朵。」

等袁香兒追上他們的時候，就看到坐在南河肩頭的小娃娃懷裡，抱著一大堆粉嫩嫩的芙蓉花。她自己的頭上戴了好幾朵，還給南河的鬢邊插了一朵。

南河看見她來了，有些不太好意思地想要將花拿下來。

「別別別，戴著吧，挺好看的。」袁香兒哈哈直笑。

南河背著冬兒，袁香兒挽著它的手臂，三人賞著花，在斑駁的樹蔭中慢慢走著。

冬兒驚嚇了一夜，又跟著奔波了一早上，她趴在南河的後背，在均勻的步伐間睡著了。

三人開開心心地走到張家門口，張家大院的院牆外，站著那個腦袋巨大的妖魔。此刻的它雙手袖在袖子裡，碩大的頭顱低垂著，連腦袋上那一頂小小的官帽都歪斜了。

在它的腳邊，兩隻極小的魔物手拉著手站著，是袁香兒在大花屋中見過、喜歡偷吃酥餅的小妖。

看看四下無人，袁香兒上前問道：「怎麼了？你們怎麼都站在這裡？」

那隻大頭妖魔垂頭喪氣地說：「我本是張家的守護神，在這個院子裡住了有上百年了，如今卻住不下去了。」

「何故住不下去？」

她知道這種類型的妖魔，多由家中祖先的靈體所化，多年接收子孫後代的香火供養，成為宅院的守護神靈，通常是不會離開祖宅的。

兩隻手把手的小妖精開口說話，稚嫩的童音一人一句：

「家裡來了好恐怖的大妖。」

「我們都不敢再待在裡面了。」

「我們兄弟倆還好，另找庭院寄居便是。大叔它就可憐了。」

「它是守護靈，離開了後輩的香火供奉，就會變得越來越小，最後消失在天地間。」

袁香兒「啊」了一聲，「是什麼樣的妖魔啊？像你這樣的守護靈也不能驅逐它嗎？」

那隻大頭守護神垂著小小的眉眼，「我已死去多年，後輩們漸漸忘記我，我是活在記憶中的靈體，因為對我的供奉和祭祀越來越少，我的能力也逐漸衰弱了。那隻妖魔很強大，我根本不是它的對手。」

冬兒在這時候醒了過來，揉了揉眼睛，拉住袁香兒的衣袖，「阿香姐姐，它說的是不是娘親？是不是我娘親？」

袁香兒不解地轉過頭看她。

「昨天晚上，父親又和平日一樣發脾氣。等他脾氣過後，我悄悄從屋子裡溜出來，想看看娘親是否無恙。」冬兒回想起昨夜的記憶。

那彷彿只是一場惡夢，年幼的她一直不能確認夢中的情形，但她還是決定鼓起勇氣說出來。

「我悄悄摸到屋內，看見母親正站在床邊低頭看著父親。母親的樣貌雖然和平常一樣，但我卻覺得她不是我娘，可能被另一個東西取代了。」

冬兒小小的身軀哆嗦了一下，那時候她弄出了一點聲音，站在床邊的母親便轉過頭來看她，還朝著她咧開嘴笑，明明是一樣的眉目，但她卻覺得，娘親的雙眼跟死魚一樣，笑著的嘴巴像是水潭裡吐著泡泡的魚嘴。於是她不管不顧，轉身就跑，一路跑到了大花嬸嬸的屋內。

但她後來想想，又覺得會不會是自己看錯了？

袁香兒和南河交換了一下眼神，相信冬兒最初的判斷。

這個小姑娘大概天生就適合修習瞳術，目光十分犀利，第一次見面就直接看出南河的原型。要知道除了烏圓，即便是袁香兒和南河，也沒辦法一眼看破妖魔經過變化的原型。

這裡正說著話，一位居住在大院中的親戚從大門邁步出來，看見袁香兒等人後，一下喊住了冬兒，

「冬兒，妳怎麼才回來，快進去看看吧，妳爹出事了。」

張家大郎的床榻前，守著他的兄弟姐妹和母親李氏。

「失魂症，又一個失魂症。」看病的大夫搖搖頭，收拾東西準備離開，「大郎這症狀來得又急又凶，只怕已無力回天，還請為他準備後事吧。」

張李氏一把拉住他的衣袖，「先生，別家得了失魂症，尚且能拖個三五日，我家大郎何故即時無救啊？」

大夫嘆了口氣，「不瞞老夫人，令郎素日裡，只怕是房室過度，以致虛損勞傷，脾衰腎損，氣血枯竭。如今被這失魂症一沖，驟然走失三魂七魄，本來就空虛的身子也就撐不住了。在下是真的無能為力，還請節哀，節哀。」

李氏委頓在地，痛哭流涕，不知道自己從小千嬌百寵著長大的兒子，怎麼就突然撒手人寰了。

她茫然地看了一圈，突然爬起身，一把抓住了兒媳婦林氏，「都怪妳這個狐狸精，掃帚星。自從妳嫁到我們家之後，就沒帶來半點好事，連個孫子都沒生，還累得我兒丟了性命。我打死妳這個剋夫的掃帚星！」

一起守在屋中的大花和她的丈夫張熏，正要上前勸說，卻看見他們平日裡一向溫順賢良的大嫂，將婆婆一把推開，

剛剛死了丈夫的林氏不僅推了婆婆，還滿不在乎地摸了摸皺掉的衣領，抱怨道，

「誰是狐狸精？我才不是那種又臭又沒水準的傢伙。」

當家作主多年的李氏何曾受過兒媳婦這樣的氣，抖著手指指著長媳道：「妳、妳……看我怎麼罰妳！」

她四處摸索，摸到一塊瓦礫，就往兒媳婦頭上砸去。林氏一抬素手，接住那塊瓦礫，皺起眉頭，

「妳這個人也太不講理了，不是妳自己說妒乃七出之一，為其亂家，不讓她管的嗎？」

李氏氣得全身打擺子，沒有聽出林氏話語中的錯漏，她自己連話都說不利索了，只顧拉扯著林氏，「我休了妳，對，要休了妳！」

她還未出嫁的小女兒上前幫著母親拉扯林氏，「竟敢這樣不敬尊長，仔細將妳告到縣衙，治妳不孝之罪，縣丞大人必定當眾打妳板子！」

林氏愣愣地站在原地，任憑二人推搡打罵。

她歪著頭，彷彿在思索著什麼。隨後突然伸手一推，將二人推到地上。

這一下力道甚重，母女二人摔在地上，齊齊昏厥過去。

張熏慌忙地扶起母親，正要說話，卻見他那位素來知書達禮的大嫂嘆了口氣，說出奇怪的話，「做人類未免也太難了，枉我富有一江，在人間遊蕩多年，竟然連一天的人

類都當不好。」

她婷婷而立，足下竟蕩開一圈又一圈的無形水紋，那說話的語調說著說著就變了，由柔美的女音逐漸變成帶著磁性的低沉男音，「看素白它那麼喜歡人類，還以為做人類有多好玩呢，想不到竟是這樣的無趣且艱難。」

林氏的身軀逐漸委頓在地，屋中的地面依舊有著無形的水波持續湧出，一隻巨大的黑色鯉魚不知從何處冒出，懸停在半空中。

它擺了一下尾巴，看向張熏和他的妻子大花。

大花心裡有些慌，不由靠到夫君的身後，拉住他的衣物。

她才剛從廚房趕來，身上還圍著圍裙，滿手麵粉，手裡提著一根擀麵棍。

這種時候作為妻子的，應該要躲在丈夫身後接受保護吧。希望夫君不要嫌棄自己一手的麵粉汙了他的袍子。大花的腦海中突然閃過這個不相干的念頭。

張熏兩股打顫，左右看了看，屋內除了剛過世的大哥，全是女流之輩，唯有他一個男子，他從小讀聖賢書，知道君子於危難當勇毅直前。

他作為男人，這時候就該挺身而出，保護所有人。

何況昏迷不醒的是自己的母親、妹妹和大嫂，站在身後的是自己嬌滴滴的妻子。

可是誰又知道他其實也害怕呢？他其實是一個特別膽小的人，面對這樣恐怖的怪物，他真的怕到不行。

此刻的他，雙腿控制不住地抖動發軟，牙關咯咯作響，腦袋嗡嗡發脹，手心全是冷汗。

他想對身後的妻子說「別怕，我保護妳」，卻怎麼也湊不出完整的句子。

「小郎君的模樣倒是清秀，不然這次就你了吧。」

那隻大魚慢慢地對他張開圓形的嘴。

「不……不……」張熏覺得自己快要嚇哭了。

母親從小就告訴他，男人是不能哭的，他必須得忍著。

害怕的時候不能哭，痛苦的時候不能哭，因為你是男人。

他是男子，是全家的希望。他必須考上秀才，再考上舉人。所有人都目光灼灼地看著他，失敗是不能承受的事，所以他不敢休息片刻，日日勤勉到極致。

要擔起全家的期待，要讓母親揚眉吐氣，要成為一個讓妻子敬仰的人……這是他往日人生中所有的意義。

但也許，這些都不再需要了。

張熏看著那越來越近的魚嘴，突然在極度恐懼中，有了一種放鬆的感覺。

或許我從今以後，再也不用想著這樣沉重的負擔了，在最後關頭，總能哭一哭了吧？

他十分丟人地發覺自己的面部潮溼了。

一隻還沾著麵粉的擀麵棍突然從身後飛來，狠狠拍在巨魚的眼珠上。

那隻魚在空中翻滾了一下臃腫的身軀，化為一位眉心抹著一道朱紅的黑衣男子，那容貌妖豔的男人捂著眼睛，對著大花怒目而視，「野蠻的女人，妳竟敢打我？」

「你是什麼亂七八糟的鬼怪，打……打的就是你！想和我搶夫君，沒門！」大花情急之下，顧不得在丈夫面前努力維持的賢良淑德形象，把張熏一把拉到自己身後。

她挽起袖子，拿出在市井上幫父親殺豬賣肉的潑辣勁頭，「想帶走我夫君是不可能的，有本事就先從老娘身上踏過去！」

那黑袍男子在空中捂著眼睛，遊弋了半圈，突然笑了，「雖然長得一般，但我很喜歡妳這樣的性格，好吧，就如妳所願。」

它從空中俯下身，突然湊近，拉住了大花的手，「放心，我會讓妳沒有痛苦地死去。」

袁香兒等人衝進屋內的時候，幻象一般的水波和大魚都不見了。

林氏和婆婆、小姑昏迷在地，張家二郎像瘋了一樣，砸開屋子的木地板拚命扒拉，彷彿想從地板下尋出什麼。

冬兒一下撲到她母親的身邊，搖晃林氏的身體，「娘親，娘親，妳怎麼了？」但她的母親卻沒有任何反應，任她搖動。

「怎麼回事？」袁香兒拉起半瘋狂的張熏，「大花呢？」

張熏茫然地抬頭，用被碎木扎破而染血的手指抹了一把臉，帶著一臉眼淚和血汙，「不，不見了，被一條魚帶走了。」

大花不見了？

袁香兒環顧四周，地板下沒有任何東西，床榻上還躺著一個死去的男人，冬兒在失了魂魄的母親身邊哭泣。

屋內一片凌亂，屋頂開了一個破洞，一抹陽光從洞口投射下來，照在牆上的一幅水墨畫中。

那畫中有一條大河，浩浩蕩蕩直奔天際。河面寬廣無邊，無舟無魚，對岸是茫茫仙山，蕩蕩蘆葦。

大花呢，大花到底去了哪兒？

張熏和大花的年紀相差無幾，十七八歲的人生幾乎全用來伏案苦讀，連志怪小說都沒讀過幾本，剛剛發生在眼前不可思議的一幕，幾乎顛覆了他的三觀。

但大哥突然病故，大嫂昏迷，妻子失蹤，家裡亂成一團，使得這位兩耳不聞窗外事的讀書郎，不得不迅速成長起來。

他扶著椅子站起身，在暗地裡掐自己一把，努力讓自己鎮定下來，盡可能把剛剛發生的事，清晰地敘述一遍。

母親和妹妹醒來之後，依舊只知哭天喊地。眼前除了五歲的侄女，只有這位妻子的姐妹看起來比較鎮定，是唯一可以商量事情的人。

聽完他的述說，關於那條黑色的魚妖是怎麼把大花帶走，又帶到什麼地方去，袁香兒感到毫無頭緒。

屬於妖魔的奇能異術很多，大頭魚人可以隨機傳送到千萬里外，紅龍能夠建立屬於自己的異度空間。她不知道那隻魚妖是用了什麼樣的術法。

目前能夠清楚知道的是，鎮上最近發生的失魂症，很可能都和那隻黑魚有關。這隻為禍人間的妖魔，應該就是河神託夢請求自己來兩河鎮的原因。

袁香兒的目光落在牆上的那幅畫上。

那淡淡的水墨，十分傳神地將一條煙波浩瀚的大江，展現在畫卷之上。但細細看去，又覺得畫面似乎缺少了些什麼。

袁香兒靠近那幅畫，在河畔的隱蔽之處發現一葦小舟。舟上坐著一位臨江垂釣的老者，寥寥幾筆勾勒出的背影，初看時模糊不清，漸漸又覺得十分傳神，最後鬚髮衣物皆為清晰，白髮老者獨釣碧江，悠然自得。

「阿香姐姐，那幅畫好像有些奇怪。」冬兒的聲音在身後響起。

袁香兒回頭看她，小姑娘守在母親身邊，哭得鼻頭紅紅的，卻還不忘提醒她。

「嗯，我也覺得……」她這樣說著話，卻看見面對著她的小姑娘張圓了嘴，露出一臉吃驚的神色，慌張地向她伸出手。

與此同時，自己的身後傳來一股無法抗拒的吸力，將她拖進了畫卷內。

「阿香！」南河第一時間伸出手，袁香兒卻已在眾目睽睽之下沒入畫卷，憑空消失了。南河的指縫不過撈到了一抹殘影而已。

南河收住拳，看向那幅詭異的畫卷。片刻之前還空無一物的江面上，如今停著一葉扁舟，舟上站著一位女郎，正抬首凝望江面。

阿香進入了畫中的世界。

袁香兒回過神的時候，她已置身於碧水涵波的江邊。蒼穹似幕，月華如水，白茫茫的葦花在河畔搖擺，而她趁著夜色，站在蘆葦叢邊的一葉小舟之上。

『阿香？聽得見嗎？妳在哪裡？』南河的聲音在腦海中響起。

『我沒事。這裡……好像是一條河，我在河面的一艘船上。』

『妳等著，不要慌，我很快就能找到妳。』

袁香兒不再說話。

即便他們不說話，彼此的心意也是相通的，袁香兒能感受到南河惱怒著急，卻不至於過度慌亂失措。

它不再像自己第一次突然離開時一樣慌亂。

作為伴侶，它認可了自己的能力，不再覺得自己是失去保護，就會變得脆弱無助，立刻陷入險境的人類。

突然來到一個陌生而神祕的地界，袁香兒心中有些緊張。

但南河不斷在她腦海中響起的聲音，和打從心底的信任，讓她逐漸沉靜下來。

她開始有自信，覺得自己能好好地面對任何突發狀況。

我很厲害的，我能保護好自己。她對自己說。

『嗯，阿香很能幹。』南河很快在腦海中回應她。

『你不用擔心我。』

『不擔心，但我想去到妳的身邊。』

空無一人的小船在江面飄蕩。袁香兒站在船頭，聽見隱隱歌聲從河的對岸飄來，那聲音時而空靈飄逸，時而遼闊優美，有一種如夢似幻的神祕感。

彷彿一位不知人間疾苦的少女，正敞開那純淨清澈的喉嚨歡笑。又像放誕不羈的狂徒，偶爾流露出柔弱的一聲嗟嘆。

那聲音令人沉醉，恨不得即刻尋覓追隨前去。

袁香兒握住掛在脖頸上的南紅吊墜，這個可以控制心神的法器正微微發燙，時時提醒她不要在歌聲中迷失自己。

就在此時，身著白袍的河伯出現在船頭上，他的身影淺淡而透明，像是勉強留在舟頭的一縷意念。

他攏著衣袖，向袁香兒行禮，「袁小先生，勞您撥冗前來，老朽銘記於心。」

袁香兒回了一禮，「河伯，兩河鎮到底發生何事？這裡的許多百姓都得了失魂症，就連我的一位朋友也被魚妖攝走，不知去向。」

「那隻魚妖，是我的朋友。」河伯說道。

「您的朋友？」

「是的，我和丹邏相識於數百年前。那時候的我還是一個人類，而它確實是一隻吃人的妖魔。」河伯的臉上帶著溫和的笑，「別人或許不能理解我和一位妖魔成為朋友，但我想，袁先生或多或少能明白一些吧。」

他的生命似乎已經到了尾聲，蒼老的面容，彎曲的脊背，越來越透明的身軀，但他的神色平靜慈和，並無悲苦之色。

袁香兒點點頭，有些擔憂地問：「河伯，您這是怎麼了？」

「這沒什麼大不了的。」他不以為意地擺擺手，「這世間本無永恆之物，我不過是時限到了而已。」

「可是您？」

「這些年，丹邏和我在一起，為了顧及我的感受，忍耐著從不吃人。如今我要離開了，它自然就再無拘束。開始肆無忌憚地放縱自己。是以才請您特意來這裡一趟。」

「您是希望我出手剷除這隻妖魔嗎？但我看見鎮上已經有不少清一教的高功法師，您為什麼不託付他們，反而找到我這個名不見經傳之人呢？」

河伯背著雙手轉過身，「我想請您看一些東西，至於將來您想怎麼做，可以自行決定。」

行進的小舟上出現一名年輕男子的影像，那是屬於河伯的記憶。

年輕的垂釣者不顧船邊的釣竿，也不划槳，任憑小舟在江心遊蕩。他的膝前擺著一壺小酒，幾碟子小菜，自飲自斟，當真逍遙自在。

小船附近的水面上，一隻黑色的大魚悄悄浮出水面，它的額頭帶著一抹鮮紅，黑色的脊背在碧波中起起伏伏，間或在水面露出一閃而過的鱗片。

「又是你，一喝酒你就出現，你也喜歡喝酒嗎？」年輕的垂釣者放下竹笛，倒了一杯酒，「魚兄，魚兄，你可好酒？來，在下敬你一杯。」

他將一杯清酒灑入江中，江水中的大魚搖頭擺尾，魚鰭濺起浪花，好像真的喝到了酒一般。

此後這位垂釣者每次出來釣魚，船邊總是追逐著一隻青黑色的大魚。

垂釣者敬酒投食，彼此互飲，宛如知交好友一般。

在一個明月臨空的夜晚，垂釣者在月色下行舟，嘩啦啦的水聲響起，一位眉心染著一抹鮮紅，身著黑衣的男子從水中攀上小舟，坐到他的對面，「在下丹邏，多日逢兄賜酒，心中感激，今日特來相謝。」

垂釣的男子知道它並非人類，多半為那隻大魚所化，心中有些畏懼。但想到相交的這些日子，雖彼此不能說話，但已然像知己一般，便努力鎮定地回禮道：「在下素白，見過丹兄。」

月下扁舟，把酒言歡，長歌吟松風，曲盡河星稀。

美好的時光總顯得迅速，悲傷卻在記憶中濃烈而刻骨。

那是一個混亂的時代，妖魔和人類混居在一起，強大的妖魔時常肆虐人間，人類沒有形成強大而統一的政權，大大小小的軍事力量各自為政，時時互相殘殺劫掠，戰事不斷，一生悠然自得者，能有幾何？

素白安居的小鎮遭遇了戰火的洗劫，那些衝入城郭的士兵似乎已經忘了自己人類的身分，變成比妖魔還要凶殘的生物。

他們將女人和孩子從藏身之處拖出來，毫不猶豫地殺死大街上的人。他們折磨所有反抗的男人，將那些屍體吊在城門前。鮮紅的血水把曾經安靜的小鎮，生生浸泡成人間地獄。

從未殺過人的素白，在那一刻，持著血染的長刀面對敵人。

他的刀口捲了，刀柄被血液打滑到難以把握，但他不在乎，他的家被毀了，親人朋友被歹徒所殺，妻子孩子全都死了，就死在他的腳邊。

於是他也把自己化為一柄殺人的刀，準備戰鬥至刀斷的那一刻。

洶湧的洪水在這一刻沖開堤壩，湧進小鎮，無論多麼凶殘的人類，在自然之威的面前，都變得柔弱無助。

滔滔洪水毫無感情地捲走了大量生命，不論是敵軍、百姓、好人、壞人，在它冰涼的目光中，都只有一個相同的意義。

素白醒來的時候，發現自己仰躺在一葉小舟上。

天空和往日一般蔚藍，水面依舊閃爍著歡愉的金色粼光，死了成千上萬人的慘劇在這樣明媚的世界，宛如不曾發生一般。

如果不是他的身體還痛到無法動彈，他甚至會以為那被鮮血蒙住雙眼的時刻，不過是一場可以醒來的惡夢。

「抱歉，我發現得太晚了。」坐在船頭的丹邏說道。

素白悲憤道：「為什麼，為什麼只救我一個？你明明有那樣的能力，卻眼睜睜地看著所有人死去。」

「我為什麼要救他們？那是你們人類自己的事。」丹邏不解地問。它的語氣平淡，沒有諷刺，也沒有辯解，只是單純的疑問，純粹到讓人無從指責。

「那你又何必救我。為什麼不讓我也一起死去？」素白抬起一隻胳膊，擋住自己的雙眼。

「你哭了？為何哭泣？能夠活下來難道不是值得高興的事嗎？我有時候真是難以理解你們。」

可以毫不猶豫地捲走成千上萬生命的妖魔站在船上，低頭看著它哭泣的朋友，「人類真是有趣，或許我應該試試以人類的身軀感知這個世界，這樣才會滋生出真正的人類情感，進而了解你們。否則即便我變得再像，看著你們總像是隔岸觀火，悲歡喜樂皆如虛幻一般。」

經歷這樣慘痛的人間悲歡後，失去家人且了無牽掛的素白開始潛心修行，幻化為人形的丹邏卻變得喜歡遊戲人間。

幸運的是，他們依舊視對方為朋友，吃人的妖魔甚至為了遵守與朋友的約定，隱忍了一世之久。

眼前的幻象消失，白髮蒼蒼的素白站在袁香兒面前，歷經了一世風霜，看遍人間百態的老者，還對人間報以溫柔慈愛的微笑。

「我知道，我死之後，丹邏不會再遵守和我的約定，必將在人間為惡，作為人類不得不阻止它。」年老的素白說道，「但我想這世間的人類法師，或許只有您會在最後關頭，稍微對它有一絲寬容。所以我特意進入您的夢中，將您請到兩河鎮來。」

它的身影消失，化為一縷白光牽引著小舟，向河的對岸而去。

天空星目低垂，河水碧藍如鏡，水天相接之處，隱隱露出水晶宮，碧螺殿，那裡仙音縹緲，煙雲環繞，遙遙傳來歡鬧嬉戲之聲。

畫卷之外的世界，張冬兒盯著那幅畫看了半晌，有些遲疑道，「阿香姐姐不在裡面了，我感覺她去了一個到處都是水的地方。」

「到處都是水？」南河皺起眉頭，兩河鎮上沅水和酉水交匯，乃是水源最為充沛之處。

「我出去看看，煩妳守在這裡，不多時便有我們的朋友過來。」南河對張熏交代。

張熏還沒反應過來，就看著眼前這位俊美異常的男子腳下發力，就著屋頂上破了的天窗，直衝藍天，轉瞬消失不見。

「這……這位？」張熏結結巴巴地問他五歲的小侄女。

「這位是有尾巴和有耳朵的，」冬兒比劃了一下，「很漂亮、很可愛的那種，之前姐姐抱在懷裡的就是它。」

張熏還來不及吸收一切，庭院之外，飄飄落下一位長髮披散，鶴氅翩翩的男子，「阿香呢？發生什麼事了？」那人轉過狹長的鳳目，向屋內看來。

一位髮辮紅繩，腳踏金靴的少年隨後出現在屋簷，「阿香呢？不過是來兩河鎮一趟，你們把我家阿香藏去哪裡了？」

緊接著，院子裡憑空落下數位奇裝異服之人，男女皆有，個個容貌俊美，氣勢強盛。

張熏一時之間，覺得自己讀書讀僵了的腦子有些跟不上節奏。

袁香兒立在扁舟內，頭上銀河流光，腳下魚行鏡中天，一時讓她有些分不清自己是在水面還是水底。

在她眼前的是一棟用玉石和貝殼堆砌出來的宮殿，這裡的光線很暗，沒有守衛之人，袁香兒藉著瑩石微輝，悄悄貼著牆角摸了進去。

空靈的歌聲清晰地從這棟建築的內部傳來，詭色殊音在這樣寂靜昏暗的地方，更為動人心魄，撼動得人心思搖盪。

這個地方看似毫無守衛，其實已經暗藏了極為厲害的攻擊。

袁香兒不得不在一個角落盤腿坐下，默默念誦起兩遍靜心咒，穩住自己一直被歌聲影響的心神。

『阿香，妳在何處？』渡朔的聲音突然在腦海中響起。

袁香兒一下睜開了雙眼。

想不到大家這麼快就趕過來了。

因為情況比想像中還要複雜，她被捲進來之前，在腦海中聯繫過大家，請它們過來幫忙。

從闕丘鎮到兩河鎮，坐牛車的話固然要個把時辰，但如果是渡朔展翅飛翔，在短時間內便能抵達。

『阿香，是不是有什麼東西在干擾妳的神魂？我察覺到我的法器一直在發燙。』這是胡青的聲音。它送給袁香兒的吊墜，具有安定神魂的作用，此刻一直在起作用。

『阿香，我很快就能找到妳，到時候把那條臭魚燉湯喝了，給妳解氣。』烏圓說的話讓袁香兒笑了。

胡三郎：『阿香，妳別怕，大家都來了，連虺螣也在這裡。』

正巧來家裡做客的虺螣，看見大家突然撒腿跑得飛快，也一道跟來了。

大家熱熱鬧鬧地在她腦海中說話，那詭異的聲音也逐漸不再能影響袁香兒的行動，『我好像在水底，又像是在水面，這裡有一座宮殿，用玉石和貝殼砌成的牆壁，裡面有人一直在唱歌。』袁香兒一邊說著自己所見的情形，一邊悄悄沿著牆壁往裡面摸去。

拐過一個厚重的大門後，眼前的視線驟然開朗。

那是一間極盡奢華的大廳，四面銀燭流光，明珠璀璨。在那些晃眼的光輝中，世間一切能夠想到的享受，幾乎都被堆砌在這裡。長毛地毯上隨意散落著各色奇珍異寶，玉石製的長桌上擺放著精心烹飪的美味佳餚。更有俊美的僕從端著美酒和點心穿梭服侍。妖豔的舞娘載歌載舞，數十個人類的生魂或坐或臥地滯留在這個大廳內。

有些人被空中連綿不絕的樂曲所惑，茫然而呆滯地坐著，無法生出逃脫的念頭。也有一些索性沉迷於聲色犬馬，左擁右抱，大快朵頤，生活得十分奢靡。

那些服侍的下人個個容貌俊美，但若細細看去，它們的表情十分詭異且不協調，下頷兩側偶爾會現出一道不斷開合的魚鰓，肌膚上還有著若隱若現的怪異鱗片。它們不是人類，只是一些還不能完美變形的小魚妖。

袁香兒混雜在人群中，一點點地慢慢挪動，盡量不引人注目。有一位小妖轉過眼珠，和袁香兒的視線對上了，袁香兒繃緊身軀，僵立不動。那隻小妖眨眨眼，很快就看向別處去了，它甚至區分不出袁香兒和那些只有靈體的生魂。

袁香兒在人群中，看見了冬兒的母親林氏，林氏靜默地坐在靠窗的一張軟椅上，低垂螓首，糊著銀紗的窗格襯托出她弧度優美的脖頸，悲傷又寂寞。

袁香兒摸到林氏的身邊，悄悄說：「大嫂，我來接您回去了。」

林氏彷彿突然從夢中驚醒，她看著袁香兒露出詫異的神色，「阿香，妳怎麼進來的？」

她很快低下頭，用雙手捂住面孔，調有悲音，「謝謝妳冒險前來救我，但我不想回去了，那種地獄一般的日子，我真的沒辦法再過下去。」

袁香兒想了想，「每個人當然都有選擇自己人生的權利，您要是確定不想回去，我自然不勉強您。」

「但是，您真的想好了嗎？」袁香兒看著那位柔弱的女子，「我來的時候，冬兒還在哭呢。」

「冬兒。」林氏慌亂的眼神幾乎無處安放，她擦了把淚水，最終還是站起身來，向著袁香兒行了個禮，「是我一時糊塗了，冬兒還等著我呢，再難也不能將她一個人丟下，還請妳帶我回去。」

這裡正悄悄說著話。

糊著窗的銀紗透出一條巨大的剪影，窗外似有什麼東西游動而過。而屋內的人視而不見，似乎沒有注意到這樣的怪物，正從自己的窗外游過，又從正門處搖擺著尾巴游了進來。

那是一隻懸浮在空中的大魚。

袁香兒隨手扯了一件華袍頂在頭上，伏低了身軀。黑魚慢悠悠地游過所有人的頭頂，伸出一隻蒼白的手掌下來。袁香兒輕輕拉了拉身邊的林氏，黑魚蒼白的手掠過林氏的頭頂，一把抓住了一個男子後迅速向外游去。

大廳在片刻的寂靜後，再次恢復喧嘩熱鬧，繼續紙醉金迷的享樂，袁香兒頂著披在頭上的華服，看著那條魚消失的方向，趕緊跟了上去。

那條魚向著一處高臺去了。

袁香兒跟在後面，上了數層蜿蜒旋轉的白玉臺階，臺階的最頂處是一個瓊堆玉砌的露臺，露臺上有人，傳來了說話的聲音。

妖魔的聽力都十分敏銳，袁香兒不敢再靠近。她躲在露臺下的一根柱子後，脫下戴在手上的戒指，微微施法，將戒指變大，戒圈內現出了露臺上的情形。

露臺之上，一位身著白袍的中年男子被法陣壓制，身在法陣中動彈不得，黑色的大魚搖曳到他的面前，把那個人類的生魂丟到他面前，「吃下去。」妖魔獨特的嗓音響起。

被限制住行動的白衣男子苦笑一聲：「丹邏，我是人類，即便你有辦法透過吞食自己同類的生魂延續修為，我也絕不可能這麼做。你怎麼還是搞不明白呢？」

袁香兒驚訝地張大了嘴，這個中年男子她越看越眼熟，此刻才發覺他就是河伯中年時候的模樣。明明自己才剛和河伯分別沒多久，他的模樣怎麼就從垂垂老矣變得這麼年輕了呢？

那隻黑魚繞著柱子，在空中轉了一圈，突然化為人形，一身黑衣，眉染窄紅。

它並不想多話，一手抓住素白的衣領，一手亮起法訣，就要不管不顧地煉化那可憐的人類生魂，將其硬塞給它的朋友。

「阿邏！」素白大聲喝斥。

「素白，即便是你也不能太過分。」丹邏凝起雙眉，眉心窄紅如針，渾身魔氣蒸騰，「我族的天賦能力，能煉生魂為己用。多少人類的修士想要以此突破瓶頸，提升修為，苦苦求到我的面前，我都懶得搭理。如今，你竟敢拒絕我！」

「阿邏，我們是朋友。」素白盯著眼前的妖魔堅定地說，「這麼多年了，你至少也該明白什麼是朋友。朋友之間，最重要的就是尊重彼此。」

丹邏雙眉倒豎，妖氣沖天，迸發出來的洶湧氣勢鼓動得長髮飄搖，衣襟獵獵。

它對面那脆弱的人類，始終平靜而堅定地看著它，竟一點都不顯弱勢。

僵持了許久，最終丹邏還是鬆開了手中的生魂。

「這些年，人間靈氣漸消，信仰之力也逐漸稀少，你因此無法突破修為，以致壽元耗盡，落到這般境地。早知如此，不應聽你的。管他三七二十一，多發幾次水患，兩河鎮的那些人或許還會將你高高捧在神壇。」

它初時憤憤，越說越寂寞，露出了一臉落寞的神色。

「阿邏，生命的可貴之處，正是在於它的短暫。我的資質有限，修為停滯，壽數止步於此本是天命，但我被奉為河神，享人間煙火，藉此多活了那麼些年頭，已是偷天地之運數，你應當替我高興才對。」

「高興？我不明白。」以人類的模樣在人世遊蕩多年的丹邏，依舊覺得自己無法理解人類的悲歡，「我無法理解你的悲傷，也無法理解你的高興。明明可以長長久久地活在這世間，逍遙快樂，為什麼拒絕？」

它的臉色冰冷下來，一甩衣袖，化為一條黑魚，從高臺上縱身遊曳而下，冰冰涼涼的語調迴盪在空氣中，「你既執意如此，那就隨你。」

不過是一個人類，我這一生見過的妖魔和人類有如過江之鯽，他們總是要死的，死了也無甚稀罕。

魔魚游動在光怪陸離的水晶宮中，在半空中慢悠悠地翻了個身。

這麼多年，這個遊戲也玩膩了，等他死了，我終於不必再守著這莫名的約定，可以敞開肚皮好好地大吃一頓。

是的，根本沒必要這般煩躁和緊張。

把那些辛苦抓來的魂魄都吃了吧，再隨便發一場水患。

這些不是從前最喜歡的事嗎？

哈哈，有趣，這才叫有趣。

直到黑魚的身影徹底不見後，袁香兒這才悄悄爬上露臺。

「河伯，這就是您說的丹邏嗎？它怎麼這樣對您，您等等，我這就給你解開法陣。」袁香兒低頭琢磨法陣，整個法陣十分古樸簡單，也沒有多少為難人的禁忌，很快就解開來了。

「多謝您，其實不必為我浪費時間，您來這裡是想要找尋您的朋友吧？」河伯取出一小筒細細的魚線，交給袁香兒，「在其中注入靈力，可以找到您想找到的人，也能尋覓到迷宮幻境的出口，是我從前做的小玩意兒，送給您吧，也算是留個念想。」

在小舟上，袁香兒見到的河伯是一位行將就木的耄耋老者，剛剛在戒指中所見的時候，他大概也就五六十歲的年紀。

這會兒在袁香兒抬頭的一瞬，似乎又覺得他更年輕了一些，成為一位清雋儒雅的中年男士，有了夢境中所見的那位少年郎君的眉眼。

袁香兒從河伯手中接過那一筒魚線後注入靈力，果然一根細細的銀線從靈筒中滑出，遠遠向著某個方向游動而去。

袁香兒想了想，「那我先去找我的朋友，一會兒我們再一起來找您，帶您逃出這裡。」

袁香兒找到大花的時候，大花正對著一桌子的美味佳餚埋頭猛吃。

因為她是連同肉身一起被帶進來的，所以被單獨隔在一間屋子中。

袁香兒拉她的時候，她還「啊」了一聲，依依不捨地抓住一隻烤乳鴿，跟在袁香兒背後跑。

「阿香，妳怎麼來了？好厲害，這是什麼鬼地方，我根本找不到出口。」

她邊跑邊搖頭嘆息，「我從來都沒見過那麼多好吃的，這下全浪費了，真可惜。」

這個心寬體胖的女人被劫掠到這裡之後，找不到出路，竟然先放寬心大吃了一頓。

「或者妳留在這裡，再吃一點，我先回去了。」袁香兒沒好氣地撒開手。

「別啊。」大花急忙拉住袁香兒，將手上那隻油汪汪、香噴噴的烤乳鴿遞給她，「阿香冒險來救我，我心裡很是感謝，來，這個給妳。」

袁香兒拍開她的手，「留著自己吃。」

兩人一起向著最初的那間屋子跑，那裡面全都是活人的生魂，那些人的身軀都還活著，只要將魂魄釋放，便可撿回一命。

既然已經找到出口，袁香兒打算把這些人一起撈出去。

「雖然妖魔很恐怖，但這裡的生活真的很舒適。我來的時候有看到，那些生活在兩河鎮上、平時娶不到老婆的男人，這會兒有七八位美女陪著轉。平日裡連飯都吃不飽的窮漢，在這裡日日山珍海味。平日裡受盡屈辱的主婦，在這裡有十來位俊美郎君給妳端茶倒水。妳說，會不會有人不願意和我們一起回去啊？」

「不願意回去就留下，自願給妖魔養著當點心吃，誰管得著？」

但到了那裡，袁香兒二話不說就祭出玲瓏金球，將一院子的生魂用球一裝，撒腿就跑。

無數大小水族的妖魔，立刻追在二人身後。有些小妖手上還端著盤子，有的胳膊肘下還夾著琵琶，露出小魚小蝦的模樣，大呼小叫地一路追來。

袁香兒拉著大花一路狂奔，二人腿上都貼著加快逃命速度的神行符，她可不想在水裡和魚妖正面槓上。

但很快，身後漫起層層水紋，那隻黑色的巨魚在水波中現出身形，它看似游得很慢，但其實一個擺尾間，已經直逼了過來。

「人類的術士，有趣。」帶著一抹輕佻的低沉嗓音在空中響起，「讓我看看是什麼樣的人，敢從我的嘴裡奪食。」

細細的魚線在地面上亮起一絲瑩光，為奔逃的人類指明逃出生天的方向，出口就在河伯所在的露臺附近。袁香兒沿著瑩光的指示一路狂奔。

她衝上露臺，正要喊河伯的名字。但法陣上，那個被控制的身影不見了。仔細一看，不是不見了，而是變小了。

原本坐在此地的成年男子，縮成一位八九歲的孩童。

他用稚氣的面貌正襟危坐，過於寬大的衣袍也鬆垮垮地垂在那個法陣上。

「這是怎麼回事？」袁香兒大吃一驚。

「並沒有什麼好吃驚的，以什麼樣的方式誕生，便以什麼樣的方式歸還自然，這正是我所修之道。」年幼的素白用稚嫩的童音說道，「趕緊走吧，我替二位攔一攔它。」

「但是您……」

袁香兒心生不忍，她和這位老者雖然接觸得少，但彼此交淺言深。而且他還是從自己年幼時，就替師傅尋覓過自己的長輩呢。

還來不及多說一點話，聊一聊師傅的往事，竟然就要在此地永別。

「不用替我悲傷，死亡不過是生命另一種形式的開始。」年少的男童伸手推了推她們。

袁香兒咬咬牙，拔足離開。

濃郁的黑霧從露臺下瀰漫上來，雙目血紅的巨大黑魚搖曳著長長的身軀，出現在濃霧中。

它一路向著手持金色玲瓏球的少女追去，卻在半路上突然停住了。

在它面前的是一位只有八九歲模樣的少年，那稚嫩的面龐上卻有著自己十分熟悉的五官和神色。

氣勢洶洶的大魚停滯下來。

「已經是最後了嗎？」魔物低沉的嗓音響起。

「嗯，」六七歲的男孩笑吟吟的，「阿邏，我要和你告別了。」

大魚化為人類的模樣，低頭看著眼前的男孩，沉默無言。

「阿邏，在我的家鄉被敵人肆虐、家人全死在我面前的那一天，我本來就應該死了。」五六歲的小男孩抬起頭，看著自己高大的朋友，「是你把我從那樣絕望的世界裡撈出來，天天守在我身邊，陪我渡過那段最難熬的時日。」

「雖然我失去了一切，但幸好還有一位朋友，它是當時支撐我活下去的唯一理由。」四歲的小男生稚嫩地說著話。

「我一直很想謝謝你。雖然你我不是同類，但你並不像你自己想得那樣冷漠。」

「謝謝你，阿邏，人生得一知己，夫復何求也。」三歲模樣的孩童笑盈盈地說著。

「阿邏……」

斑駁的法陣上，只留下了一堆衣物，再也沒有那個人的痕跡。

身高腿長的妖魔站在那堆衣物前，低頭看著地面。

不過是一個人類而已，這個世界上的人類那麼多，死了也並沒有什麼好稀奇的。

一滴不知從何而來的水滴，打在了法陣繁複的地面上。

丹邏用一根手指摸了一下臉頰，發覺指尖被沾溼了。

原來悲傷是這種感覺啊。

——〈妖王的報恩〉未完待續——

高寶書版集團
gobooks.com.tw

YE 059
妖王的報恩（卷四）餘生

作　　者　龔心文
責任編輯　眭榮安
封面設計　虫羊氏
內頁排版　賴姵均
企　　劃　何嘉雯

發 行 人　朱凱蕾
出　　版　英屬維京群島商高寶國際有限公司台灣分公司
　　　　　Global Group Holdings, Ltd.
地　　址　台北市內湖區洲子街 88 號 3 樓
網　　址　gobooks.com.tw
電　　話　(02) 27992788
電　　郵　readers @ gobooks.com.tw（讀者服務部）
傳　　真　出版部 (02) 27990909　行銷部 (02) 27993088
郵政劃撥　19394552
戶　　名　英屬維京群島商高寶國際有限公司台灣分公司
發　　行　英屬維京群島商高寶國際有限公司台灣分公司
初　　版　2023 年 11 月

原著書名：《妖王的報恩》由北京晉江原創網絡科技有限公司授權出版。

國家圖書館出版品預行編目 (CIP) 資料

妖王的報恩 . 卷四 , 餘生 / 龔心文著 . -- 初版 . -- 臺北市：英屬維京群島商高寶國際有限公司臺灣分公司 , 2023.11
　冊；　公分 . --

ISBN 978-986-506-860-8(第4冊：平裝)

857.7　　112018504